远去的乡村岁月

YUANQU DE XIANGCUN SUIYUE

张东明◎著

时代出版传媒股份有限公司
安徽文艺出版社

图书在版编目（ＣＩＰ）数据

远去的乡村岁月/张东明著.—合肥：安徽文艺出版社,2023.9
ISBN 978-7-5396-7786-6

Ⅰ．①远… Ⅱ．①张… Ⅲ．①纪实文学－中国－当代
Ⅳ．①I25

中国国家版本馆 CIP 数据核字(2023)第 106777 号

出 版 人：姚　巍
责任编辑：汪爱武　　　　　　　装帧设计：徐　睿

出版发行　安徽文艺出版社　　www.awpub.com
地　　　址：合肥市翡翠路 1118 号　邮政编码：230071
营 销 部：(0551)63533889
印　　　制：安徽联众印刷有限公司　(0551)65661327

开本：880×1230　1/32　印张：5.375　字数：120 千字
版次：2023 年 9 月第 1 版
印次：2023 年 9 月第 1 次印刷
定价：39.00 元

目录

自序

翻开这些尘封已久的日记本，往事又一一浮现在眼前。岁月如流，整整五十年过去了，抚今追昔，恍若隔世！

20世纪60年代，知识青年"上山下乡"运动的浪潮席卷全国。领袖指示："农村是一个广阔的天地，在那里是可以大有作为的"；"知识青年到农村去，接受贫下中农再教育，很有必要。要说服城里干部和其他人，把自己初中、高中、大学毕业的子女送到乡下去，来一个动员。各地农村的同志应当欢迎他们去"。由此，知识青年"上山下乡"成为当时一项必须执行的政策。这场声势浩大的运动一直持续到 70 年代末。无数城市青年打起背包，告别爹娘，告别家乡，走向遥远的农村。除了一部分人到军垦农场成为军垦战士外，其余的以三至五人组成插队小组分散到农村插队落户，成为知识青年"上山下乡"运动的主要形式，其人数当在一千万以上。山乡、草原、边疆，他们如种子般被抛撒向祖国的四面八方。在贫困的陌生农村，他们经受了艰苦的磨炼。插队知青大多只有十几岁、二十来岁，甫入社会，便饱尝了人生的悲欢离合、酸甜苦辣。在艰难的环境中，他们有的奋发，有的沉沦。插队的经历改变了许多城市年轻人的人生轨迹，成为一代人永不磨灭的记忆。

放眼世界历史，像这样大规模持续多年的知识青年"上山下乡"运动，恐怕是绝无仅有的。如今，半个世纪过去了，对此运动的评价、是非成败，众说纷纭。当年的知青如今大多已白发苍苍，他们各有不同的人生经历。对当年的"上山下乡"运动，他们从各自不同的境遇、不同的角度做出自己的评说，或褒或贬，都是可以理解的，相信历史也自有公论。但从总体来看，我认为，如同当年其他五花八门的运动一样，知识青年"上山下乡"运动无论是给国家，还是给广大知识青年，都留下了苦涩的回忆。在年轻人需要增长文化知识、求取学问的阶段，中止他们的学业，强迫他们从事农业劳动，使一代青年成为知识贫乏的人。在国家需要大力提高科技水平、推动经济发展的年代，大学停招，知识贬值，使国家科技发展、经济建设停滞不前。以今天的眼光来看，这些都是极不正常、极其荒唐的，"上山下乡"运动造成的消极影响十分深远。当然，这与当时的历史背景密切相关。当时，国家正处于"文革"这一非常时期，十年动乱使国家政治生活极度扭曲，国民经济濒临崩溃，百姓生活贫困，年轻人就业困难。正是这样的非常年代，造成了这样极不正常的史无前例的知识青年"上山下乡"运动。

我初中毕业那年，刚满 16 岁，也成了插队知青大军中的一员，从上海来到安徽农村插队落户，在农村整整待了六年，先当农民，又当民办教师，也当过社队干部。六年的插队生涯，我经受了艰难生活和严酷劳动的磨炼，深刻体验了农村的贫穷与落后，也深切感受到农民的善良、淳朴与坚忍，同时也亲身领略了当年农村政策的荒谬和基层干部的无奈。当年的我怀抱着扎根农村、战天斗地的决心，在艰难困苦中努力奋斗，幻想着凭自身的力量为改造农村做出贡献。翻开当年的日记，其中充斥着豪言壮语，满纸大话套话，如今看来，十分可笑，不忍卒读。但这就是当年真实的我。直到插队的最后两年，在现实中屡屡碰壁，我才逐渐对自己所走的路产生怀疑和迷惘。

今天，我把那六年的插队生涯记述于此，是想对那段青春岁月留个永久的纪念。这既是我作为插队知青的个人生活史、奋斗史，也从一个侧面反映了当时的农村状况和时代风貌。这些文字是根据我当年的日记写下的，是完全真实的记录。其内容对于今天的人们认识知识青年"上山下乡"运动，了解当年的中国社会，具有一定的史料价值。我想通过这些文字让我的后辈知道，他们的父辈曾经历过怎样的生活，五十年来中国社会发生了多么巨大的变化——从贫穷落后、封闭愚昧的状态走向了富裕文明、开放创新的时代，从而使之更加珍惜今天的生活。

书中所附图片，是我在农村插队时画的速写和拍摄的照片，是我当年生活的真实写照。

文末的附文，是我上大学期间，于 1980 年国庆假期重返乡村后所写的几篇日记，这是我插队生涯的余绪。其时，农村"大包干"改革方兴，巨变在即。我记述了此行的所见所闻，记述了彼时农村基层干部和农民的所思所想。安徽农村的"大包干"改革，拉开了中国社会全面改革的序幕，犹如春雷乍响，唤醒了这沉睡已久的广袤大地。从此，中国走进一个崭新的时代。

远去的乡村岁月

1972 年 11 月 28 日中午 11 点 50 分，在上海北火车站，列车一声长鸣，站台上腾起一片哭喊声。在父母亲友的泪眼中，列车载着我们这批上海插队知青，隆隆地驶向远方。

那年，我 16 岁。

车厢里许多知青在哭泣。我告诫自己要坚强，没有掉泪。

列车经南京，跨长江，过蚌埠，经过十几个小时的奔驰后，于次日清晨 6 点多停靠在合肥火车站。知青们在一座剧院里稍事休息，吃了点干粮，由各县来的人员分别点名接收。我们几十个人坐上一辆卡车，又颠簸了3个多小时，于下午1点多到达庐江县泥河镇。

在一座形似祠堂的大屋里，泥河区委书记向我们致欢迎词。他说的当地方言，我们听不大懂。欢迎会结束后，大家围坐在一张张方桌旁吃午饭。菜是用脸盆装的，有大鱼大肉。生产队派来接我们的人也陪着我们一起吃。饭后知青分组，五人一组。分组后，知青们便各奔东西。

老沈是来接我们的生产队长，40多岁，个子不高，脸膛黝黑精瘦，高颧骨，大大的眼珠有点外凸，嗓门也大。他用一根扁担挑起我们五个知青的铺盖。我提着其他行李：父亲用过的一个旧帆布手提箱，里面是一些洗换衣服和日用品，衣服下压着母亲给的20元钱，她嘱咐我这是日后回上海的路费。一个网兜装着脸盆、茶缸。五个年轻人跟在队长身后，走向我们此行的目的地——安徽省庐江县泥河区天井公社临湖大队丁拐生产队。

从泥河镇到丁拐生产队要走15里路。天井公社是圩区，宽广平整的农田被纵横交错的沟渠分割开，初冬的田里还残留着一排排干枯的稻茬。圩埂外是一条静静流淌的大河，远处有绵延的群山。我们走在用黄土垒起的圩埂上，经过一座座泥墙草顶的农舍、一个个杂树丛生的村庄。

天已经昏暗下来，远处圩埂的拐弯处，有一座农舍亮起了灯。丁拐生产队到了。

我们走进这座低矮的房子，这里是老沈的家。屋里聚了一些人，屋中间有一张桌子，上面摆满了菜碗。老沈招呼我们坐下吃晚饭。屋里虽然点了油灯，但还是黑乎乎的，我们看不清碗里是什么菜，也看不清周围人的脸。这些来看热闹的邻居，好奇地盯着我们。桌下有条狗钻来钻去，蹭着我的腿。我埋头吃饭，心中忐忑，也不知饭菜的滋味。这是我来村子后的第一顿饭。

饭后，老沈领我们去农户家。因知青点的住房还没有安顿好，下乡的第一晚生产队安排我们五个人分头到农家借宿。天已经全黑了，村里的土路坑坑洼洼的，借着星月的微光，才能勉强看清脚下的路。我深一脚浅一脚地跟着老沈走进了一户人家。

空荡荡的堂屋里点着油灯。厢房里有张大床，床上坐着好几个人，正在说话，一见我们走进，他们呼啦一下全从床上下来，走了。

屋里只剩下我一人了。我躺到床上，身上忽然刺痒起来，胳膊、腿和腰上一下起了许多红疹块，这大概就是传说的水土不服吧。奔波了两天，已经很疲劳了，我很快沉沉睡去。

第二天，队长领我们去新盖的知青屋。

临湖大队在天井大圩的最北边，紧挨着黄陂湖，那是一个长满芦苇的很大的湿地湖泊。丁拐生产队就坐落在黄陂湖边。一条大圩埂从湖边向南延伸，埂外是瓦洋河，埂内是大片圩田。圩埂到了丁拐生产队，向西又伸出一条圩埂，与南北走向的圩埂形成丁字形。丁拐村大概因此而得名。沿着圩埂，散布着一座座低矮的农舍。圩埂地势较高，可以避免水涝。我们的知青屋也建在东西向的圩埂边，坐北朝南，处在村子的中央位置。同村民的房子一样，知青屋也是黄土垒墙，稻草盖顶，墙上挖个洞，安上几根木条，蒙上塑料薄膜便是窗户。中间堂屋是做饭、吃饭的地方，屋里有一口大灶、一张吃饭用的方桌、几条长凳、一个碗橱、一个大水缸。后来又添了两张条桌，可供我们看书写字用。堂屋两边各一间

插队之居

厢房，是睡觉的地方。木床宽约1米2，床架上搭了几根木条，床上铺有芦席和稻草，我们将带来的毯子、床单铺在上面，便可安卧了。

屋内同屋外一样，都是泥地，冬春很潮湿。村里没通电，一盏油灯将陪伴我们度过漫长的冬夜。

我们这个插队知青小组五个男孩，范海观、彭锦培、姜林根、甘益尧和我。其中范海观是我在上海徐汇中学的同年级校友。他们四人比我大一岁，都是初中毕业生（"文革"期间，上海市取消了高中，初中四年制）。从此，五兄弟同灶吃饭，同屋睡觉，出工干活，患难与共，成了真正的插队兄弟。

五兄弟中，小范个子最高，1米8多的个头，圆脸，身强体壮，力气最大，饭量也大。他性格憨直，干活卖力，有点大哥的范儿。经几年锻炼，他一担可挑200斤。凭出色的劳动表现，他后来当上了生产队副队长，还娶了年长他几岁的妇女队长桂香做老婆。当年的插队知青中，还是有一些女知青嫁当地人的，但男知青娶当地妇女的很少，因为大家都存着日后回城的希望。小范父亲据说有历史问题，新中国成立初期去世了。小范因家庭

小范

出身不好，所以不抱回城的打算了。

小彭是插队小组组长，瘦高个儿，接近 1 米 8，大眼睛，宽脑门。他人很机灵，喜欢看书，闲时常捧着一本《春秋穀梁传》读。这本古书我连听都没听说过，更看不懂了。他的文化程度大概是五人中最高的。他活动能力强，善于交际，力气不小，干活也不错，后来当上了临湖大队团支部书记。

小姜白净脸，中等个儿，细眉弯目，身体也不壮实，力气小，性格有点软弱，多愁善感，爱掉眼泪。

小甘个儿最矮，但长得粗壮，性格直爽，干活也不错，与我很谈得来。两年后他当兵走了，是五人中第一个离开农村的。

我身高 1 米 72，在五人里属中等个儿，这个身高后来再没增长。我在中学时曾练过拳术，虽年龄小，还是有点力气的，干活也不惜力。

第二年，生产队根据劳动能力，给我们知青首次评工分底。小范、小彭各 6.5 分，我 6 分，小姜、小甘各 5.5 分，我们基本相当于半个劳力了。到 1975 年第三次评工分底，小范 9.5 分，我与小彭、小姜都是 8.5 分，我们已接近一个整劳力了。

　　艰苦的插队岁月开始了，对于我们这些十六七岁的上海知青来说，将要面临好几道难关。

温饱

解决温饱问题是第一道关。

原先在城里，虽然家家生活也不富裕，但吃穿不愁，还能常开开荤，住的不是楼房就是平房，还有父母照应。到了农村，一切得靠我们自己。

首先吃饭就成了问题。插队头半年，上海市政府还给每个上海知青每月 40 斤大米的补贴，大家基本够吃了。半年后就没有补贴了，我们必须自食其力。生产队粮食是按农民挣的工分来统一分配的，根据农作物收成，每年发放几次。我们知青因工分值评得低，按工分基数发的粮食也就少。我们虽然年纪小，但每天同农民一样出工，干重体力活，肚里又缺油水，且正处在长身体的阶段，人人饭量都很大，一顿吃一斤粮不在话下，因此这点粮食就显得很紧张了。我们每天早晚都吃稀饭，中午吃一顿干饭。中午的一锅干饭，大家吃起来是风卷残云，满满两大碗很快下肚。小范身强体壮，干活卖力，饭量尤其大，但他吃饭速度较慢，往往去盛第二碗时，锅已见底了。他一怒之下，买了一个小脸盆当饭碗，每次开锅就先满满当当装上一脸盆干饭，压得结结实实的，省得再争第二碗了。

因吃饭问题，组里还闹起了矛盾。小范、小彭因为工分底较高，分得的粮食相应也多一些，和我们同灶吃饭觉得有些吃亏，提出要分灶吃。这事闹了一阵，明显影响知青组的团结。在社队干部的帮助和我们几个人的坚持下，灶没分成，矛盾有所缓和，我们五个人仍在一口锅里吃饭。

有一年冬天，粮食实在不够吃了。我们两天只吃了三顿饭，大家饿得躺在床上不想动弹。邻居大娘见状，送了我们一些山芋粉。我们把粉熬成糊，放点盐，当稀饭喝了，那感觉就像喝糨糊，还很烧心。

当时生产队每家都有一块自留地，可以用来种些蔬菜瓜果，佐饭的菜就靠自留地里种的菜。我们知青也分到了五分菜地。我们种上了黄豆、茄子、冬瓜、豇豆、辣椒、苋菜，但由于不善打理，菜长得不好，我们的下饭菜也成了问题。当地农民普遍喜食腌菜，能腌的东西都拿来腌，萝卜、豆角、青菜、芥菜、豇豆、黄瓜、山芋梗，还有鸡、鸭、鱼、肉都拿来腌，而且盐下得很重，非常咸。这样腌出的咸菜既便于久存，也为了耐吃。生产队的田里有时也会种些萝卜，成熟后分给大家，因此腌萝卜成了我们最主要的下饭菜，我们常常要吃大半年。时间久了，萝卜在腌菜缸里变得又软又黏，酸酸臭臭的。煮饭时，捞出一碗萝卜放在饭锅里蒸一下即可，其味实在不敢恭维，但当时也吃惯了。

有时实在没菜吃了，就捧着饭碗到隔壁农家去蹭菜。

那些年春节回沪探亲，返乡时我们常会带一茶缸炼过的熟猪油，还有一种纸盒包装的固体酱油。没菜吃时，我们就切一小块固体酱油，再挖一点猪油拌饭吃，甚香。

我们很少能吃到荤腥。我们养了几只鸡，下的鸡蛋舍不得吃，都拿到村里的代销店换食盐和点灯的煤油。

油灯

那年头，鸡也很少有吃食，因此长得不肥。过年回沪时，我们还要带两只瘦鸡孝敬父母。

偶尔能解馋的时候就是遇上村里人家办喜事。这家摆酒席，请来四邻八舍，我们这些知青也有幸被请上桌。有鱼有肉，最引人注目的是居中的一大盘猪肉。肥肉是当时人们的心头最爱，一片片切得薄薄的肥肉，雪白雪白的，在盘中堆得高高的，上面点缀着一撮鲜红的辣椒酱。那肥肉，咬一口，满嘴油，别提多美味了。

为了解馋，我们去掏麻雀。冬天的夜里，麻雀常歇在屋檐的稻草里。我们拿着手电筒，走到农民草房的屋檐下，我骑到小范肩上，他站直了，我就高过了屋檐。我拿手电筒一照，麻雀一动不动，伸手就能抓住一只，一晚能掏好几只。我们还捉田鸡、摸河蚌，甚至逮水蛇。这些野味当地人是不吃的，看我们烹而食之，他们十分诧异，称我们为"蛮子"。

有一天，老乡拎了一只老鳖问我要不要，如不要，他打算剁碎了喂鸭。我给他3毛钱买了下来，他很高兴。我把老鳖剖开洗净，放入加了水的大搪瓷茶缸里，加一点白糖、几粒花生米，然后将茶缸放入刚烧过饭的灶膛里，用柴火的余温煨个把小时。取出茶缸揭盖，老鳖煨烂了，上面浮着一层油，香味扑鼻，肥腴甘糯，入口即化，我至今仍觉口齿留香。这是当时我在农村吃过的最难忘的美味。

天井公社是水稻产区，水稻一年两熟，圩内多良田，河塘也多，可谓鱼米之乡。但农民普遍生活贫困，他们住的是用泥巴垒的草房，照明用的是油灯，种田用的是锄头、钉耙等简陋的农具，每天吃的是"两稀一干"。粮食紧张是普遍现象，不仅是我们知青，农民家的粮食也不宽裕。每到春天青黄不接之际，有些困难的生产队还要到粮站购买返销粮，分给农民以度春荒。我常纳闷，农民是种粮食的，他们天天劳作，怎么连自己的粮食都不够吃呢？新中国成立二十多年了，人民公社也成立十多年了，农村为什么还那么落后？农民为什么还那么穷呢？其中的缘故，我几年后才明白。

当时的农村不仅粮食是个问题，烧饭的柴火也是个问题。圩里都是平整整的水田，不像山区丘陵地带，有许多杂树、灌木可做烧柴之用。圩区农户烧柴主要是稻草及油菜、黄豆等的秸秆。稻草是仅次于粮食的农产品，其用途广泛：它是盖房的主要建筑材料，家家农舍都是稻草覆顶，垒土墙也需掺入稻草才结实。稻草是耕牛的主要饲料，队里的晒谷场上矗立着一垛垛高高的稻草堆，那是牛草——耕牛的粮食。农民用稻草编草绳、做草鞋，就是铺床也用稻草做床垫。而稻草最主要的功能还是烧饭用的燃料，一日三餐少不了。由于水稻产量不高，当时还推广种植矮秆水稻，而稻草的需求量又特别大，因此稻草就成了紧缺物资。

我们知青户分到的稻草往往不够用，有时饭烧到一半没柴草了，就扯几把屋檐上的草来烧。有次被逼急了，趁打谷场上没人，我们还去偷扯了队里草垛上的牛草当柴烧。实在没柴烧了，我们就用煤油炉烧饭。

烧饭用土灶，灶台上有一口大铁锅，外带一口小水锅，烧饭的同时也烧了开水。添火的工具是一把大铁钳，用它把柴草塞进灶膛，饭烧开后就不用添柴了，用灶膛的余温把饭焖熟。最好烧的是油菜秆，大概其中含了油脂，燃点低，烧起来噼啪作响，火力很旺，但不耐烧。

我们住的草房同村民们的一样，墙是用黄泥巴垒的。筑墙时先平行竖起两块夹板，中间相隔尺把宽，在两块板里填满掺了草筋的黄泥，用木桩夯实。夯实后放置几天，待黄泥干透了再在上面砌第二层。这样一层层垒砌起来的土墙颇为结实。墙砌好后架上木梁、桁条，铺上芦席，盖上厚厚的稻草，用草绳密密捆扎，草房就大功告成了。

经过常年的日晒雨淋，草屋的土墙往往会开裂，露出几道一指宽的缝，我们的草房也不例外。冬天，刺骨的寒风会从墙缝里钻进屋里。晚上，我们蜷缩在稻草铺垫的床上，把所有的衣服都盖在被上也难抵严寒，我们的脚很长时间都是冰冷的，人冻得久久难以入睡。

1973年8月的一天，我们正在屋里吃午饭，忽然乌云漫天，惊雷乍响，暴风雨席卷而来。一阵狂风刮来，顿时把我们的草房屋顶掀去了一角。暴雨直泻到屋里的床上、桌上，家里到处漏水，弄得我们十分狼狈。当天，村里有将近一半的农舍被掀掉了草房顶。

顺便说一下如厕的事。那时的农村厕所就是在地上埋一个大粪缸，周围插几根小木棍，用芦席围上，留出个供人进出的豁口，呈窝棚状。粪便是极好的农家肥，因此家家门前不远处都有这样一个厕所，可谓肥水不流外人田。夏天，我们蹲在粪缸边如厕，常常有肥肥的蛆虫爬到赤裸的脚上，令人恶心，但我们很快就习以为常了。

生活中还有一件事令人烦恼，那就是水土不服。我们大多数知青都得过此症——腰背上和腿上长了许多红疹斑块，奇痒难熬，红疹块变大后就成了鼓鼓的黄水疱，磨破后流出黄水，再结一层痂。红疹一年到头层出不穷。奇怪的是，一到城里这症状就消失了。我去看过医生，医生说是虫咬皮炎，抹了药膏，但基本无效。我想，这大概是农村环境所致。农民因为从小习惯了那种环境，所以没有这类症状。

虽然水土不服，在艰苦的生活中我们却很少生病，且个个都长得十分健壮。这大概是因为年轻，当然也有劳动的原因吧。

农活

劳动是知青必过的又一道难关。

每天天刚蒙蒙亮，村里的鸡才开始打鸣，老沈队长的大嗓门就在圩埂上响起来了："出工喽，出工喽！"村民们陆陆续续走出家门，我们揉着惺忪的睡眼，扛起锄头，和大家一起走向广阔的田野，一天的劳作就从出早工开始了。

挑担。挑担子是最平常也是最频繁的活。挑粮、挑水、挑土、挑秧、挑肥，人人都得会，可谓一根扁担走四方。

下乡第二个月，我与几位插兄（插队知青）一起，去帮队里挑煤。每人挑 60 来斤，在坎坷不平的田埂上走，开始还行，越走感觉担子越沉，肩膀越疼。扁担从左肩换到右肩，又从右肩换到左肩，越换越频繁。颈子后的皮都要磨破了，腰也越来越弯，身体快要弓成虾米了。大家个个气喘吁吁，大汗淋漓。一共四五里路，途中我们歇了五次，初步体会到了"看人挑担不吃力""长担无轻路"的滋味。

担子是几乎天天都要挑的。吃的河水，我们要用水桶从河里挑。给菜地浇肥，挑的是粪桶。到公社买化肥，我们要挑两袋化肥，一袋 50 斤装，一担就是 100 斤。修圩堤、挖河泥，挑的是装满百十来斤重湿泥的土簸箕，还要不停上下爬坡。最厉害的是夏收季节挑稻把子，这是壮劳力的活。水稻收割后，在田里用草绳捆扎成一个个稻把子，一个稻把子少说也有五六十斤。挑稻把子的扁担是特制的，中间宽、两头尖，两头还镶着尖尖的铁片。挑担的汉子先将扁担一头插入一个稻把子，斜提起来，再用另一头插入一个稻把子，半蹲下身，扁担上肩，肩一晃，腰一挺，嘿一声，100 多斤的稻把子就挑起来了，然后迈开大步直奔晒谷场。

歇息

经过一年左右时间的磨炼，我们知青也同农民一样，人人颈后都鼓起了一个肉包，肩膀也不疼了，挑个百把斤的担子，走上十几里路也不在话下。有一年回沪过年，我挑了一担行李。到了车站，工作人员一看，说"打货票"，一称重，足足100斤，我花了1元钱打了一张货票。挑着这副重担，我挤汽车、上火车，千里奔波到上海。这在过去是难以想象的。

插秧。插秧是最苦的农活。圩区种的是双季稻，一年两熟，因此一年要插两次秧，割两次稻。在平整好的水田里均匀地撒上秧把子，我们赤脚站在水田一头，倒退着将秧苗一棵棵插入泥里。一排横着插七八棵秧，然后再倒退一步再插一排，每排保持四五厘米的株距，要做到横平竖直，株距相等。从田埂的一头到另一头一般都有几十米，人们插秧时始终是弯着腰的，很快就累得腰酸背痛了，实在受不了就站起来歇一会儿。但旁边的人早已插到你身后了，你也不好意思一直落后，只得咬牙坚持。我总是边插边不停地想，快到了吧，快到了吧，感觉腰几乎要断了。总算插到田头了，一个仰面就躺倒在田埂上，但只能歇一会儿又得爬起来从头再来。

插秧不需要用大力，用的是巧劲。妇女们都是插秧的好手。她们插起秧来，总是又匀又齐又快。插完一块秧田，绿油油的秧苗整整齐齐地挺立在水田里，刚才还白茫茫一片的水田霎时披上了绿装，甚是好看。

每年7月中旬要抢收抢种，既要抢收早稻，又要赶插晚稻，为时约20天，俗称"双抢"，这段时间是最忙最累的农忙季节。这时学校都要放农忙假，让孩子们回家帮家长干活。为了抢时间，不误农时，生产队插秧实行包干制，即按插的田亩数计工分，谁插的田亩数多，谁的工分就多。因此这时大家都会不顾劳累，全力以赴。人们每天天不亮就下田插秧，一直要干到田蛙齐鸣、夜幕降临时才回家。夏天水田里蚊虫、蚂蟥特多，我们赤裸的腿上一会儿就被叮起了许多包块。蚂蟥在腿上吸血，大家随手拍掉，接着干活。有时人们正在插秧，突然狂风大作，暴雨倾盆，黄豆大的雨点打在背上咚咚响，落到田里溅起一片水花，天地间白茫茫一片。我们就在这暴风雨中继续插呀插呀，直插得脸都浮肿了。有次我的右手腕因长时间插秧伤了筋，突然剧烈疼痛起来，又红又肿，我也顾不上，忍着痛坚持干。最多的一天，我从清晨 5 点多钟一直干到晚上 7 点多钟，整整插了 10 个多小时的秧，一个人插了近一亩地。

"双抢"过后，我们的腰也不怕酸疼了，插秧的技术与农妇们也相差不多了。

插秧后的农活主要是给稻田耘草、施肥，活儿较轻。

车水。天气干旱时，要往稻田里车水。我们将长长的木制水车架到河沟里，一头没入水中，在另一头的转轴上套上两根木制的车拐。我们手握车拐，前后转动，这样就带着水车中整齐排列的几十张叶片转动，河水就哗哗地被车上来，流入稻田中。就像自行车链条的转动原理，转动的车拐就像自行车的踏脚板，水车中运转的木片，则像一节节运转的链条，只不过木片是方形的，比链条要大许多。车水有点累人。两手不停地前后挥动，一会儿胳膊就酸了，这时就只能放慢速度，或歇一会儿。时间久了，车习惯了，感到胳膊不再那么酸了，我们可以不停地车上很长时间了。

割稻。割稻也是个苦活。右手拿镰刀，左手抓一把稻子，挥镰齐根割去，脸朝黄土背朝天，你追我赶，这样重复不停地向前割。夏天稻田里极闷热，天上毒辣的太阳暴晒着，地下热气炙烤着，豆大的汗珠从我们的脸上滚落，真所谓"汗滴禾下土""粒粒皆辛苦"啊！我们多是光着膀子的，稻叶上有细细的芒刺，胳膊上很快就被拉出了道道血痕。腰也很酸。但这些我们都顾不上。割完一块地，将满地的稻子拢成一堆一堆的，再捆成一个个稻把子，等着挑走。虽然累，但这是农民一年的收成啊，人们的心里是痛快的。有时会有农妇挑一担凉茶水送到田头，给割稻的人解渴。坐在稻把子上，敞着怀，咕嘟咕嘟一大碗凉茶倒入喉咙里，那真叫爽。

收割完稻子后，男人们将稻把子一担担挑到晒谷场，码成高高的稻垛，待晴天就开始脱谷。脱谷机是木制的，箱形，底下安装上滚轮，用脚踩动滚轮，将一把把稻禾放在转动的滚轮上，稻粒就被打下来了。脱谷主要是妇女们的活。

谷脱完了要扬谷，扬去稻谷中的尘土、瘪谷等杂质。扬好的谷子干干净净，粒粒金黄饱满，这时就可以晒场了。晒场前要用石碌子先将场地压实碾平，然后将谷子摊在场上让烈日暴晒。稻谷一般要晒好几天，其间还要用木锨不停地翻动它们，使之干透。晒好的稻谷要装进稻箩，一担担被挑进队里的谷仓。除去要交的公粮，队里留下来年的稻种，其余的稻谷就等着分配了。

脱谷和晒谷也是我们知青常干的活。

夏天天气多变，刚刚晒场时还是朗朗晴天，忽然狂风大作，暴雨顷至。这时男女老幼都会奔到晒场，抢收稻谷，号曰"抢场"。尽管人人淋得浑身透湿，但有时难免抢收不及，使一部分稻谷受潮。若是连着几天阴雨，淋湿的稻谷就会发芽，好不容易收上来的粮食就要遭受损失，这是最让人痛心的。

乡村的农活我们几乎都干遍了，除了犁田和耙田。那是技术含量较高的农活，一般由资深的老农负责操持。但有时耕牛忙不过来，也用人拉犁。我们也充当耕牛拉过犁。一个老汉扶犁，七个壮小伙子肩背缰绳，吆喝一声，铁犁就在田里掀起层层泥浪。

每年夏天过后，我们都要晒得浑身黝黑，脱一层皮。每天干完活，我们便跳进河里洗澡，在绿波中沉浮，堪称"浪里黑条"，村民们则笑称我们是"黑鱼精"。

开河。冬天是农闲季节，但圩区的冬天每年都要挖河修堤，这是一项重活。

耕牛

圩区地势低洼，大圩套着小圩，每个圩都有圩堤围护。圩田最怕水淹，每年夏天河里涨水，就怕破堤。天井大圩有一万多亩田地，1958年发大水破了圩，圩区成一片泽国，损失惨重，人们记忆犹新。所以每年冬天挖河泥，疏通河道，加固圩堤就是一项必做的水利工程，人们称之为"开河"。

　　我们插队的第二个月，就参加了开河劳动。各生产队的村民们集中起来，带着铁锹、扁担和挑泥的土簸箕，浩浩荡荡来到圩堤上。修堤的土主要取自堤外的河床或水塘。河水被抽干了，宽阔的河床裸露出来。人们下到河底，挖的挖，挑的挑。时近中午，队长一声吆喝"歇班了"，大家才停工吃午饭。生产队集体开伙，大家就在工地上吃。寒风凛冽，饭菜很快就凉透了。饭后人们稍事休息，又接着干。熟练的农民一锹下去，黑色的河泥方方正正的，一块二三十斤重，一簸箕装两三块，一担就是百十斤重。我们挑起担子顺着斜坡跑上圩堤，将泥倒在堤面上，又迅速走下圩堤装河泥。我们重担在肩，不停来回上下几十趟，肩膀疼得麻木了，很快就汗流浃背，这对体力绝对是个严峻考验。幸好我们年轻，咬咬牙也就

新修的大圩埂

坚持下来了。

我们知青首次参加开河劳动的事迹被登上了工地战报。县里和公社负责知青工作的同志前来看望，表扬了我们知青小组，使我们很受鼓舞。

第二年冬天，我们到离家十里地的另一个大队参加开河工程。这次是疏浚黄泥河，加深加宽河床。我们打起背包进驻工地。为赶进度，我们每天天不亮就来到河床上，赤着脚，百多斤的担子挑在肩，一趟趟上下奔走，直干到月亮升起来才收工。除了吃饭，中间几乎没有休息。苦干了十多天，我们提前完成了本队的任务。这次开河，我干的活同一个壮劳力一样。经过一年的劳动锻炼，我已基本适应了这种重体力活。

砍芦柴。砍芦柴是天井大队独有的一项冬活。临湖大队紧邻黄陂湖，这个湿地湖泊方圆几十里。湖内水汊纵横，密密的芦苇布满湖内。到了冬天，湖水消退，湖滩裸露出来，芦苇也干枯了，这就到砍芦柴的时节了。这时，生产队的劳动力全体出动，走进荒凉的湖滩，将高大的芦苇一排排砍倒，捆扎起来，再装船顺着河道运回村子。芦苇荡离村子有五六里路，为了省时间，村民

芦苇荡里

们就在湖滩上用芦柴搭起一个个窝棚，在地上埋锅造饭，一连几天吃住在湖里，直到把周边的芦苇砍伐殆尽才收兵。

农民把芦苇叫作芦柴，其用途广泛，主要是编芦席，这是家家都需要的。农民家里囤放粮食的谷囤就是用芦席围成的。农舍屋梁上要铺上芦席，上覆稻草方成屋顶。床上铺稻草，再盖上一张芦席，就是我们的床垫。编芦席是妇女的活，她们将芦柴秆分剖成均匀的条状，如篾片一般，再将它们纵横交错地编织起来，收好边，就成了一张光滑平整的芦席，拿到集市上还能卖钱。在圩区，芦柴几乎相当于山区的竹子。编芦席剩下的边角料还可以当柴烧。

回想当年，寒冬腊月，在北风呼啸的湖滩上，我们拿芦柴梗当筷子，蹲在地上扒拉着米饭。夜晚，四周高耸的芦苇丛如同黑色的围墙，在寒风中哗哗作响。躺在四面透风的芦苇棚里，我仰望天上，深蓝的夜空中缀满了点点繁星。心境也同这荒芜的湖滩一样，满是荒凉寥落之感。

生产队干活按工分底记工分。一个整劳力工分底是

10分，即干一天在账上记10分工。当年丁拐生产队10分工值6角钱，一个农民干一年活，年终根据出工情况累计工分，再扣去队里分配的稻谷、山芋、花生、油菜、稻草等农产品，剩下的用现金分红。一个壮劳力一年最多可分得现金约100元。头一年分红，我分得现金6元。这是我初入社会挣的第一笔劳动收入。

我们知青小组由于在"双抢"、开河等重要的农活中表现不错，插队的第二年就被评为庐江县知识青年"上山下乡"先进集体。组长小彭先后参加了县、地区和省里的"上山下乡"先进代表大会。我和小范还受庐江县矾山中学邀请，给他们的高中毕业班学生做了关于扎根农村、艰苦奋斗的报告。

插队两周年之际，我在日记本上写了一首打油诗，回顾两年经历，其中写道："下乡插队整两载，忆往看今心潮翻。列车隆隆汽笛长，雏鹰展翅千里远。豪情壮志聚满腔，下乡要把身手展。车停泥河奔丁拐，细看住房不敢辨。草顶泥屋草铺床，水缸舀水油灯闪。烧锅煮饭忙出汗，揭盖难闻焦煳饭。挑水走路步歪斜，桶晃水溅气粗喘。三九寒风刮地冻，开河工地人声欢。朝迎日出气豪迈，暮送晚霞干劲添。坎坡上下腿未软，嫩肩更挑沉重担。汗水湿透胸前衫，重担磨破肩上皮。一腔热情未衰减，笑看大军排河山。东风吹绿江淮岸，春耕生产热潮翻。早出鸡啼月亮圆，晚归西山落日还。裤脚高挽泥巴溅，衣袖齐卷挥热汗。碧绿秧苗插田间，巧手春装细安排。若问背疼腰又酸，苦中自有乐无限。骄阳似火燎田野，"双抢"农忙活最繁。忽然暴雨倾盆至，难分身上水和汗。多少辛勤多少汗，换来金黄稻浪翻。但闻粒粒谷飘香，怎抑丰收满心欢！喜获硕果非简单，皆因人勤地不懒。"

　　虽然文笔稚嫩，却是当时真实的生活写照。

过年

我们下乡时距春节已经很近了，第一个年我们就打算在农村过。县里和区里的知青办听说后，派人来村里看望我们，给予鼓励。

年关前，队里抽干了两口水塘，捞出塘里的鱼，分给各家各户，我们也分到了 5 斤鱼。大队还送我们 10 斤肉。除夕那天，我们去村代销店打了 2 斤散装的山芋酒，用热水瓶装回来。我们烧的鱼装了一大脸盆。除夕夜，草屋里，油灯下，五兄弟喝酒吃肉，想起远离家乡和父母，这日子不知何时到头，几位插兄不禁号啕大哭。小范喝得烂醉，吐了一地。我虽没掉泪，心中也不免悲凉。

第二天一早，妇女队长来敲门，将一大篮子油炸的糯米圆子倒在桌上的脸盆里，说是村里各家送的，她还帮我们腌了一缸萝卜做下饭菜，使我们感受到了农民的热情、善良，也让我们愁苦的心得到了些安慰。

　　春节期间，大队安排我们参加文艺宣传队，我们排了两个节目。我编了一个对口词，题目就叫《扎根农村干革命》。另一个节目是小合唱。我们从正月初二开始登台表演，晚上轮流到各队演出。在耀眼的汽灯下，土台之上，五兄弟粉墨登场，引吭高歌。我们虽然是第一次登台，演出水平很低，内容也很空洞，但因当时农村文化生活极为贫乏，就是过年图个热闹，所以节目还是很受农民欢迎的，观众也实在不少。正月里宣传队共演了七场。这个年也算过得充实。

　　第二年3月，盛传庐江要发生地震。这时插队已有半年了，我和小姜、小甘一来为了躲避地震，二来实在想家，就结伴回上海了，在上海待了一个月。因没有履行请假手续，此事受到县、区知青办的批评。

　　1974年的春节，我们三人为弥补过失，就决定还是留在农村过年。小范、小彭则回上海过年去了。

那年春节，大队送给我们三人 8 斤肉、2 斤酒。生产队给我们 6 斤黄豆做豆腐，还分给我们十几斤鱼。这个年过得还是蛮丰盛的，我们的心情也不像第一次过春节那么愁苦。

年前两天，我搭乘队里的小船去了趟庐江县城。这是我下乡后第一次来县城。在城里，我进澡堂洗了个澡，去照相馆照了张相，还看了场电影，晚上就睡在铺着稻草的小船上。次日，受庐江县回乡知青江守成的邀请，我去了他所在的移湖公社五七林场。小江是派驻到我们生产队的县路线教育宣传队成员，同我们上海知青相处得很融洽。我同他成了好朋友。中午我同小江及林场的两位场长把酒言欢，甚是快乐。

正月初一清晨，天上纷纷扬扬下起了大雪。雪连下了两天，村庄、田地、远山，白茫茫连成了一片，天地一色，十分壮观。

节后几天，我随社员去运树苗，捡回两根柳枝，把它们栽到了我们知青屋前。这是一种生命力顽强的树，随插随活。我希望自己也能同柳树一样，在农村的沃土里尽快成长。

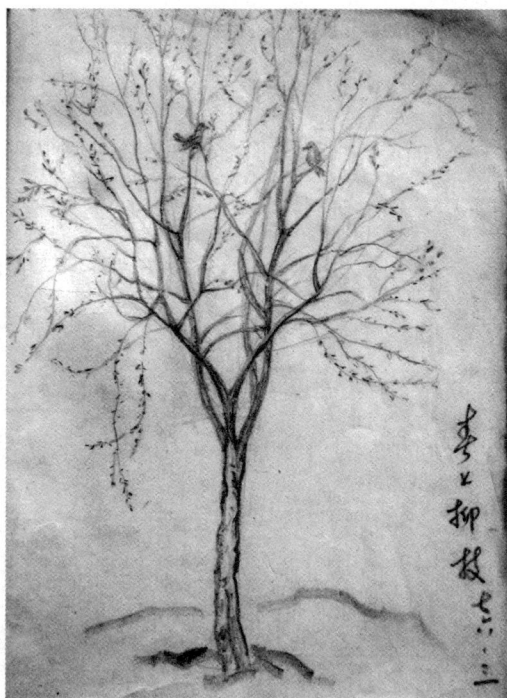

屋前手栽的柳树

后来的每个春节，我们都是回上海过的。

回家过年，是最让我们兴奋和向往的事。离春节还有一个多月，大家就莫名兴奋起来。晚上睡在床上，我们就在想给家里带些什么，到家后吃什么、玩什么。

每次回上海过年，我们都要尽可能地带些农产品回去，如生产队分的花生、黄豆、芝麻，甚至还有当年新产的大米。新米特别香，烧出来的饭油光光的，粒粒分明，城里人是很难吃到的。有时我们还会带上一两只自己养的鸡。这些用根扁担挑上，少说也有四五十斤。这些东西在上海可是稀罕货。当时上海物资紧张，过年发年货票，凭票才能买年货，如鱼票、肉票、花生票，一家发几张票，一张票只能买斤把年货。所以我们带回去的农产品极受欢迎。

回家的路很长。从丁拐生产队到上海，天没亮我们就出门了，先步行15里路到泥河镇，等时间不固定的班车，车到才给买票，有时班车是带篷的卡车。爬上卡车，坐一个多小时到庐江县城，再从县城坐3个多小时的车到合肥，这时往往天快黑了。赶到合肥火车站买好第二天早上去上海的火车票，就要找地方歇息了。旅馆不舍得住，我们常常是蜷缩在火车站候车室的长凳上挨过一晚，也在汽车站的水泥地上睡过，有一次还睡过车站附近浴室的躺椅。浴室晚上打烊了，供浴客睡的躺椅空出来，就卖票给旅客住宿，5角钱一晚。

当时合肥到上海每天只有一班火车，票价12元，早晨7点10分发车。火车轰隆隆一路奔驰，望着车窗外掠过的原野山川，我的心早已飞回了家。车行12个多小时，晚上7点半到达上海。

走出上海北站，街上已灯火通明。坐上公共汽车，窗外是熟悉的马路和建筑物，心里充满了快乐，我终于回来了。

第一次回家过年，我敲开家门，外婆开的门，她看到一个人挑着担子，黑黝黝的脸庞、长长的头发，诧异地问我："侬寻啥人？"原来她认不出我了。我说："外婆，我是东明啊！"外婆这才认出了我，不禁抹起了眼泪，屋里的父母和姐妹、弟弟都笑了。

回到家，大家都惊奇我胃口特大，特能吃，吃什么都香。每次一大家人吃完饭，只要有残羹剩饭，都由我来"打扫"，吃个精光。

回沪的生活是丰富多彩的，走亲访友，中学时代几个要好的同学倪胜东、陈继光、周民都会来我家相聚，畅叙别后生活。我们一起去看电影、看演出、参观展览会。我的乡村朋友江守成1975年春节也来到了上海，那年元旦，我曾与小姜到他所在的移湖林场过节。小江在我家住了两天。我陪他逛了外滩、南京路，我们畅叙友情，十分愉快。

团聚的日子总是格外短暂，过年在家一个月，就又要返乡了。同组的插队兄弟每次都是来去同行的。我们提前几天去静安寺附近的火车售票处买票。那时下放知青多，而车次少，节后的火车票十分紧张，每次买票我都是天没亮就去排队。买票的人很多，大家都去得很早。排队买票的队伍拐过了街角，有好几十米长，我往往要排两三个小时才能买到去合肥的车票。

从上海到合肥的火车早晨6点发车，晚上6点10分到合肥。我们在合肥汽车站的水泥地上铺席而卧，挨过一夜。第二天早上坐上班车，4个小时到庐江县城，再坐1个多小时的车到泥河镇。从镇上到生产队还有15里路，我们得负担步行。返乡路上，我们还是一根扁担挑两头。前后两个大旅行袋，里面装的是一些吃食和乡亲们托买的衣服、布料、胶鞋以及香烟之类的物品。那时的上海货很受乡亲们欢迎。每次回沪，乡亲们都会托我们带一批上海产的日用品。一担少说也有七八十斤重，走上七八里路我们就口干舌燥、气喘吁吁了。到公社排灌站讨一碗水喝完，再接着赶路。夜幕降临，月亮早早升起来了。几个插兄在月光下挑着担，奔走在杂草丛生的圩堤和田埂上。掌灯时分，我们又回到了丁拐生产队。

找乐

　　农村的文化娱乐生活是极其贫乏的，除了干活、吃饭、睡觉，人们很少有文娱活动。但我们还年轻，精力旺盛，在艰苦的劳动之余总要想法找些乐子。

　　听广播。公社有个广播站。生产队在田间地头竖起一根根水泥杆，用铁丝连接。农民家家的墙上都挂个纸质的小喇叭，与广播线相连，就建成了有线广播网。广播站主要播放公社有关农业生产的通知，广播员念念报纸上的社论，有时也播放一段革命样板戏。那时全国只有八个样板戏，跟着广播，我们几乎学会了所有的样板戏唱段。后来我从上海带了一台凯歌牌收音机到乡下，能更多地听到一些红歌，也能听到一些新闻。

看电影。区里有个电影放映队，到各大队巡回放电影。隔几个月可看到一场电影，放电影的那一晚可真是农民的节日了。有时在别的大队放，来回要走十几里路，我们早早吃过晚饭，带个手电筒就出发了。电影在村里的晒谷场上放。竖起两根大竹竿，撑起一块大白布就是银幕了。场上总是挤满了兴高采烈的男女老少。放的大都是些老片子：《地道战》《地雷战》《南征北战》……这些电影看了许多遍，台词都背熟了。但下次还是去看，还是看得津津有味。

赶集。泥河镇上每月逢3、6、9号是赶集日。逢集日，四邻八乡的农民带上自产的农副产品，来镇上交易、购物，谓之赶集。泥河镇是泥河区政府所在地，离丁拐村15里路，走1个多小时就到了。镇上有学校、医院、汽车站，还有一条街。街两边有一些店铺，卖木器、竹器、农具、小百货等。最让人流连忘返的是一家餐馆，当门摆一口大铁锅，炉火红红的。掌勺师傅油光满面，只见他挖一大勺猪油下锅，将细细的肉丝、豆干丝和青椒丝倒入翻炒，烟气弥漫，香味扑鼻。我们不由得停下脚步，咽下口水。一盘炒菜大约要 5 角钱。我们中午就点上一盘，再来一碗米酒，几个插兄也算开了一下荤。知青赶集就为看个热闹，饱个口福。

游泳。上海男孩几乎都善游泳。我上小学时就学会了游泳，初中时还参加过学校组织的横渡黄浦江游泳活动。丁拐村圩埂外的瓦洋河宽几十米，水流清澈，是我们饮用水的来源，也是我们的天然澡堂兼游泳池。整整一个夏天，直到深秋，我几乎天天来此游泳。每天干完农活，一身臭汗，跳进河里畅游一阵，立马神清气爽，疲劳顿消。夏天河水涨了，水流变得又深又急，我们几个爬上河边一丈多高的大树，扑通扑通往下扎猛子，号称"高台跳水"。有一年冬天，队里社员坐船去河对岸干活。船到河中间，因人太多，小船超重了，河水漫过船帮，船竟慢慢下沉了。妇女们都惊叫起来。幸亏河水不深，淹不死人。我穿的棉衣都湿透了，我索性脱掉外衣裤，在河里游开了，直游了几里路才上岸，也算尽了兴。

捉蟋蟀。斗蟋蟀是童年乐事。上海斗蟋蟀成风，立秋之后，街头巷尾常见人头攒动，人们围成一圈看斗蟋蟀。到了乡村，夏秋之际的夜晚，你去听，田地里简直

涨水时节

是虫声大合唱，青蛙、蝼蛄，各种不知名的昆虫都在放声歌唱。当然，在我听来，蟋蟀的鸣唱是最响亮动听的。这时我们便会带上手电筒，轻手轻脚地来到山芋地里，一掀开藤子，地上扑扑会跳起好几只蟋蟀，拿手电筒一照，它们就僵伏不动了，伸手一把捉住它们，装进准备好的纸筒里。我们一晚上能捉很多只。我们屋前有一条小水沟，沟边土沿上有许多蟋蟀的藏身洞。我们站在水沟里，捧起沟里的水往洞里浇，蟋蟀就爬出来，很容易就被捉住了。几个插兄将各自捉来的"将军"捉对厮杀，斗得不亦乐乎。一直到秋后，虫声渐息方罢。我曾捉到过一只大蟋蟀，大头、宽项、阔身、壮腿，翅羽乌黑发亮，一副将军相，叫声浑厚苍劲。我把它装在大瓷缸里，夜里听其鸣叫，也是一种享受。

养狗。我养过猫，也养过狗。第一只小狗才几个月大，因粮食紧张，没什么可喂它。吃饭时我从碗里扒点饭粒给它，小范就埋怨："人都不够吃，你还给狗吃。"我说："我用自己的饭喂它，又不关你什么事。"但小范还是抱怨，怕狗占了我们的饭食。我只好不喂它，任它去找野食。小狗知道我们这里没什么吃的，就整天在外找食，到天黑了才回来睡觉。白天有时它只在中午饭点时回来溜一圈，看看能否捡点残羹剩饭。插兄弟们撺掇我：这狗养了等于没养，白天也不着家，干脆别养了。我也只好随了大家的意。

猫与狗不一样，乡亲们说：狗是忠臣，猫是奸臣。那只花猫见家里没吃的，就一走了之，不见踪影了。

后来，知青点只剩我一个人时，我又养了一只狗，叫小黑。小黑浑身乌黑，很漂亮，跟了我好几年。那些年闹地震，晚上在圩埂上防震巡夜，我打着手电筒，提根木棍，小黑跟着我，走在寂静的大圩埂上。路过村庄时，村里的狗叫起来，有的还会冲出来朝我龇牙咧嘴。这时，小黑就会勇敢地冲上去一阵狂吠，镇住村里的狗。有小黑陪伴，我的胆气更壮了。我回公社或过年回沪，离开村子时，小黑都会恋恋不舍地跟出来很远，直到我一再呵斥，甚至捡土块砸它，它才停下来，坐在圩埂上看着我消失。我不在村子时，它就住在房东家里，由房东大娘代管。我回村时，它总是第一个跑出来迎接我。狗真是通人情、富灵性的动物啊。

书画。农闲时，我喜欢写写画画，我在旧报纸上练写毛笔字。我有一本《金训华日记字帖》。金训华也是下放知青，在洪水来临时，为抢救国家财产牺牲了。他的日记被印出来，做成字帖，用的是欧阳询体。我的书法就是由此打下基础的。

我从小喜欢画画。小时在课堂上，老师讲课时我总爱在下面画画。我画得最多的是解放军、八路军打仗杀敌的场面。小学和初中时期正逢"文革"高潮，我画过宣传画。在农村干活时，我会画一些农民劳动的速写。我也帮大队出黑板报，写大批判专栏，画漫画。我还画了一幅水粉画，挂在我们知青屋的堂屋正中墙上。画中一位青年振臂高呼，胸怀壮志的样子，意思是表达扎根农村干革命的决心，这都是当年流行的样式。

插队第三年的3月，泥河区组织开展知青工作检查，我被抽调到一个检查小组。组长是县知青办的老刘，他是省公安厅下放的干部。还有一位是本公社的上海女知青小黄。前后十来天时间，我们跑了盔头、沙溪两个公社的知青点，检查知青插队工作落实情况。每到一地，我就用小笔记本写生，画知青点的环境、途中的景色，画村里的老牛，还有老刘家的房子。这些画至今还保留

知青小院

知青屋

知青点

着。结束检查回村路上，在分手的岔路口，小黄邀请我去她的知青小组玩，说煮面给我吃。我那时太年轻，羞于同女生打交道，便一口回绝了。后来听说小黄遭遇了不幸，再后来她被招工到淮北煤矿当了工人。

有一天，驻庐江县的上海知青慰问团给我寄来一纸公文《广阔天地大有作为美术作品展览会征稿通知》。这个展览会由上海市"上山下乡"办公室及团市委、农林局于1975年春节期间在沪举办。上海慰问团的同志曾来我们插队小组慰问，看到我贴在墙上的几张画，就给我寄了这个征稿通知。我很高兴，写信让家里寄来了绘画纸张。我精心创作了四幅画，两幅素描，两幅水墨画。其中一幅水墨画画的是贫下中农在村头送青年当兵的场景；另一幅画画的是一位知青夜晚坐在床上学毛主席著作的情景，床头点一盏油灯。画全是写实的，前者画的是小甘当兵乡亲们送别时的场景，后者是我们自己生活的场景。我从未受过美术训练，完全是业余爱好，绘画水平很幼稚，画作自然是不够入选资格的。但意外的是，在作品被退回的同时，我收到了画展组织者赠送的一本速写本，大概是给参展者的鼓励吧。我有点喜出望外。

作者的速写本

这本速写本跟随我多年，我用它画了不少速写，包括一些身边的劳动生活场景以及插兄小范等人物，珍藏至今。遗憾的是，我一直未能接受正规的美术培训，绘画水平始终没有得到提高。直到现在退休上了老年大学，才有机会认真学习绘画，也算一了年轻时的心愿。当然，这是后话了。

在插队期间，知青们最盼望的事，莫过于收到家信，可谓故乡别千里，家书抵万金。一封信从上海寄出到我们手上，至少要一个多星期。每隔十天半月，乡村邮递员背着邮包从圩埂上走来，递给我们盼了许久的家信，插兄们心里别提多高兴了。我写过许多信，也收到许多信。父母亲、外公、舅舅、兄弟姐妹和同学、朋友都给我写信。父亲的信总是谆谆教诲；母亲关心儿子的一切；外公的信是用毛笔写的，掺杂些文言，文绉绉的；舅舅的字龙飞凤舞。家信让我真切感受到亲情的温暖。刚下乡头一年，母亲有次来信说，她在工厂认识了一位征兵的部队干部，向他介绍我的情况，说我喜欢文艺，会画画，这位征兵干部答应招我当文艺兵。这消息让我心绪难平。此后一段时间，我天天盼着家信，盼着有一天当兵的来招我入伍。那时解放军在社会上可是最吃香的，当兵是每个男孩的梦想。我何尝不想早日脱下农装，换上军装。但此事再无下文。几个月后，我的希望之火也冷却了。

乡村生活虽然艰苦，但也有快乐的时光。什么时候快乐呢？当我们干完一天活，傍晚躺在晒谷场上的稻草堆上，望天边的晚霞映出绚丽的色彩时，是快乐的；当我们带着满身的疲惫收工回来，跳入清澈的河里畅游时，是快乐的；冬天早晨出门一望，皑皑白雪将大地装扮得洁白无瑕，今天不用出工了，是快乐的；收到家乡的来信，是快乐的；坐在回沪探亲的列车上，是快乐的。

雨后的晚霞

教书

　　1974 年 6 月，大队小学的老师病了。大队干部找到我，要我去学校代课。大概因为看我能写写画画，他们以为我有点文化，因此找上了我。

　　代课的教室在河对岸，我须撑船过河。那时正逢汛期，头天晚上下了场暴雨，第二天河水猛涨，原来几十米宽的河面一下宽了近一倍，水流湍急。那天，我独自撑只小木船过河。船到岸边，放下篙子，我一步跨上岸去。没想到后蹬力过大，船身忽向后一退，我一脚踏空，身子掉进了河里。幸好我抓住了船帮，很快爬上岸来，来到教室。这个教室是借的农民家的屋子。房东大娘见我裤子全湿了，忙找出一条干净裤子，叫我换上，说："快把衣服换上，别着了寒，在外没有家人照顾你。"这话十分暖心。大娘又帮我把湿了的衣服在灶前烘干。孩子们见新来的老师这副狼狈样，都哈哈大笑起来。

我们号称知识青年，其实文化知识是极贫乏的。我小学三年级考入上海外国语学校法语班，学校里请了一些外国老师，我读了一年。第二年，"文化大革命"开始了，这所学校被诬为培养"洋奴"的学校。外国语学校停办了，我又回到母校上海华山路二小。当时，所有学校都在停课闹革命，写大字报，搞大批判。我们不上学，整天上街玩闹。我初中就读于徐汇中学，这是所名校，但学校当时也不好好教学，又是搞野营拉练，又是组织学工学农。我们用半年时间去奉贤县农村学农，住在农民家，干了半年农活，又用半年时间去中国钟厂学工。我开过车床铣床，干过搬运工，当了半年工人。当时在学校上的课叫《工农业基础知识》。初中四年一晃而过，没有认真上过一节文化课。初中一毕业即去农村插队了。我之所以后来能认些字，能看些书，完全是受惠于自小读书的爱好，也是受家庭的影响。父母是基层干部，爱看书读报。家里有些小说，《烈火金钢》《平原枪声》《林海雪原》《红日》《红岩》等，这些描写战争年代的书我看得津津有味。外公家有些古书，像《三国演义》《水浒传》《七侠五义》等，我也都偷偷看过，这些书给我留下了深刻印象。家里还有报纸杂志，我都喜欢看。下放农村后，我天天记日记。这些使我有了一些语文知识和读写能力。但我对数理化是一窍不通，当老师实在不够格。

我的学生是些七八岁至十来岁的孩子，他们只会说庐江当地的土话。我用普通话上课，学生们听不大懂。有时我一开口，孩子们就笑开了，我只得努力学习土话来适应他们。

当时农村教师很缺乏，每个老师都是全科任教，一个班的语文、算术、体育、音乐一人全包。我拿到小学教材，有些内容自己都不明白，只好临时抱佛脚，现学现卖，教学效果可想而知。

就这样稀里糊涂当了一个月的代课老师。其间，学校还组织其他老师来听了我的一堂公开课。上课时，我连板书都不知道。临走时校长给我指出这点，我很羞愧。

8 月中旬，我去泥河中学参加了为期 10 天的中小学教职工暑假学习班，晚上就睡在教室的地铺上。每天听报告，学习讨论，召开"评法批儒"和"批林批孔"的批判会，还看了几场电影。学习班结束后，我就正式成为临湖大队小学民办教师了。

　　当民办教师不用干农活，每天可以按一个整劳力记工分，每月还有 10 元补贴，我当然是很乐意的。听说这事在大队干部中引起很大的争议。因民办教师有这些好处，一些干部想安排关系户当教师。而恰好大队当时进驻了一个县路线教育宣传队，其中也有回乡知青，他们同我们知青关系很好，认为我们有文化，有见识，因此坚持推荐我当大队民办教师，这事才这样定下来了。

　　临湖大队小学本部在高墩生产队，离丁拐生产队 1 里多路，沿大圩埂走上十来分钟就到了。学校新建了一排砖瓦房做教室，这是全大队最气派的建筑了，但其实很简陋。学校没有教师办公室，也没有操场，教室门前一小块坑坑洼洼的泥地就是学生上体育课的地方。教室里的课桌很多都是用泥巴砌的，上面铺上一块木板作为桌面。教室虽然是新盖的，但屋顶的油毛毡曾多次被风刮破，遇上下雨漏个不停，以至于几次停课修补。学校旁有一间教师宿舍，是两位家在外地的老师借邻居家的一间农舍。中午，我们就在宿舍搭伙吃饭，还可稍事休息。午饭经常是米饭就咸菜，常吃的是腌山芋藤。山芋的藤蔓很长，收上来后除去叶子，洗净切成寸段，用盐腌上，放入腌菜缸，几天后就变成酱紫色。煮饭时捞出一碗，放入一小勺猪油，待饭烧开后放入饭锅蒸熟。刚吃起来还蛮香的，但天天吃，就有点倒胃口了。

学校设一至五年级五个班，加上校长和我，一共五名教师。周筱明老师和我一样，也是民办教师。他是本县下放知青，高中毕业，比我大几岁，中等个儿，面容俊秀，性格爽朗。其父母都是庐江县中学教师。他文化底子厚，待人又热情。我有空就到他屋里聊天，看他用毛笔书写唐诗宋词，听他拉二胡。他待我如兄长。我们成了无话不谈的好朋友。其他几位都是拿工资的公办教师：一位20多岁的女教师，个子高挑，长得也秀气，另几位年龄较大。徐校长50多岁了，待人非常和蔼，有长者之风。他们待我都很好。

老校长

当年大队设小学，公社有农业初级中学，上高中要去县城。临湖大队下辖10个生产队，1000多人。大队小学就负责全大队范围内适龄儿童的义务教育。孩子上学都是自愿的，也不收什么学费，就只出一点书本费。但由于穷，农活又多，而且农村孩子即使读到了高中，毕业后也只能回乡务农，所以许多农民不愿送孩子上学，宁愿让孩子在家务农。因此大队小学的学生不多。

我任三年级班主任，教语文，同时还教三、五年级的美术与体育课，一周上十八节课。每周一、三、五晚上学校还安排教师集中学习，学习时间不少于两个小时。学校还有一块学农田，里面种了一些水稻与蔬菜，聊补教师的粮食菜肴之需。我们偶尔也要到学校的田里干些农活。

9月开学的前一天，我和校长去泥河区里买新课本。新课本装了两稻箩，足有80来斤，我一人挑着，走了15里路回来。虽然肩膀有些酸疼，但我很开心。

我当民办教师，没有任何教学经验，自己虽名曰初中毕业，但实际文化水平还达不到小学毕业程度。我所教的三年级的教材内容有些我自己也不懂，都是现学现教。实在不懂就求教于小周或其他老师，他们总是热情地帮助我。

学生们看我年轻，没经验，是个知青，也不怕我，所以课堂纪律也不太好维持。班上有个年龄较大的高个儿男孩，很顽皮，上体育课时不听口令排队。我上去教育他，他撒腿就跑，我追上去一把拉住他，不料把他的衣服扯破了。他大哭起来，要我赔他衣服。当时在农村，一件衣服也是很宝贵的，我一时很尴尬。周老师得知此事，把男孩找去安抚、教育一番，同时自己动手把被扯破的衣服缝补好了，使我摆脱了窘境。

学校所在的高墩生产队有一个上海知青小组，知青们跟我很熟。一天中午，知青小戚来喊我去他们屋里吃鸡。我肚里正缺油水，自然是求之不得。他们关起门来，杀了一只鸡。我们吃得正香，突然听到门外有人在叫骂："谁偷了俺的鸡啊？吃了不得好死啊！"我这才明白是知青们偷了老乡的鸡。我想他们拉我来一起吃，是想让我担这个名声，我这个教师是有脸面的，他们好减轻一点心理负担。我已入贼船，只好吃完了抹抹嘴，硬着头皮走出屋子，装作若无其事地离开了，也顾不上村民在背后指指戳戳。

当时知青生活确实很苦，十几岁的孩子，也没有人管束，因此在广阔天地间打架斗殴、偷鸡摸狗也是常事。村民们叫我们"上海佬"，说上海佬可怜，因此对这类事也不深究，当事人最多说骂几句就过去了。但这件事在我心里结了个疙瘩，让我很不舒服。因为自己毕竟是个老师，这种事让我感觉实在有辱斯文，见了村里的老乡我也有些抬不起头来。

我当老师，除了农忙，平时不用干农活，不用出早工，早上知青点烧饭的任务就交给了我。每天，小范他们出早工去了，我在家熬好稀饭，等太阳升起时，大家出早工回来一起吃早饭。饭后他们又去干活，我去学校上课。农忙时学校放假，我就回来同大家一起参加"双抢"劳动。

1974年12月，小甘当兵走了，他是第一个离开我们小组的。临行前一晚，大队和生产队在我们屋里为他饯行。那一晚，我们几个知青放声高歌，歌声响彻夜空。

我对教师工作还是认真积极的。虽然我原本并没有当老师的意愿，但既然当了，就想着不能辜负大家的信任，要好好干。我从三年级一直教到了五年级。除了当班主任、教书，我还担任了学校的红小兵辅导员，组建了漫画小组和文艺宣传队，课余时间组织孩子们画漫画，出漫画专栏，为宣传队编写一些小节目，带领宣传队到开河工地参加劳动，同时为民工们表演文艺节目，受到欢迎。我组织学生每人凑1角钱，集体买了些图书，办了一个小小图书馆，供孩子们课外阅读。我还发动学生搭建了一个乒乓球台，自费买了一副球拍，带孩子们打球。但由于教学经验缺乏，文化知识不足，性子急，不够耐心，课堂教学效果不佳，期末考试班级成绩不理想，每次总有十几个学生不及格，为此我深感愧疚。但校长和老师们都鼓励我，还评我为县教育战线积极分子，推选我参加县教育战线先进代表大会。

我在插队前已加入中国共产主义青年团。1975年3月9日，公社党委组织委员老田找我谈话，对我提出了入党的要求，并交给我一份入党志愿书。当晚，在大队支委、治保主任夏长庚的家里，在明亮的油灯下，我填写了入党志愿书。4月9日晚上，大队党支部在我们学校教室里召开支部大会，讨论我的入党问题，我也应邀参加了。我的入党介绍人夏长庚和生产队长沈志庭介绍过我的情况后，与会者表决一致同意我加入中国共产党。这一天恰是我 19 岁的生日。

6 月 12 日晚，县文工团来我大队演出，我正兴致勃勃地看演出，大队支部领导找到我，通知我公社党委已正式批准我为中共党员。当时没有入党预备期，党龄就从批准当日 1975 年 6 月 12 日起算。第二天我参加了公社举办的知青学习班，在学习班上，公社党委领导宣布我和另一位上海女知青成为中共党员，并让我作为知青代表在会上发言，谈下乡的体会与感想。入党是我人生道路上的一个里程碑，我很激动，决心为党的事业贡献一切。

1975 年 8 月的一天，我正在队里的打谷场上参加"双抢"劳动，大队会计来告诉我，大队准备推荐我参加大学招生，叫我马上写一份入学申请报告。对于这事，我思虑再三。我当然希望上大学，但报告递到公社，却没了下文。过了几天，公社负责教育的办事员来我校检查工作，同我谈了这次招生之事。他告诉我，公社这次没让我去上大学，是根据上级"不要把骨干分子全部抽光"的指示，考虑到本公社下乡知青目前只有两人入了党，其中一名女知青已去上大学，为了发挥骨干作用，因此决定把我留下来。我当即表态，坚决服从组织安排，坚持在乡村干革命。

1975 年 10 月，中央召开了全国农业学大寨会议，向全国提出普及大寨县，在 1980 年实现农业机械化的号召。11 月 18 日，庐江县召开进一步贯彻全国"农业学大寨"会议精神动员大会。据说全县有 30 多万人参加了大会，是庐江县有史以来人数最多的一次大会。全体社员和学校四、五年级学生都要参会。我凌晨 3 点就起床了，带领四、五年级学生赶往公社分会场。公社分会场布置在一个打谷场上，主席台上高挂着横幅，中间竖立着领袖画像，画像两边各五面红旗。主席台对面是"农业学大寨"的大型标语牌。会场上人山人海，红旗招展，热闹非凡。这次会议让我印象深刻。会后，我也忙了一阵，帮生产队在墙上刷写一些"农业学大寨"的标语。

1975 年 12 月，小姜被招工到庐江县钟山铁矿当工人，离开了知青小组。只过了半个月，1976 年元月初，小彭也被招工到钟山铁矿当了工人。知青小组只剩下我和小范两人了。我鼓励自己要坚持农村不动摇。

学大寨誓师大会

1976年1月9日早上，我正在学校，忽然从广播里听到周恩来总理去世的消息。周总理深受人民爱戴。我和其他老师一样，心情十分沉痛。

这个月还发生了一件事，13日，大队通知我第二天去区里参加应征入伍体检。我喜出望外，当晚没吃饭，连夜赶到区里。次日一早体检，查出视力只有0.9至1.0，还有色盲。当兵的希望成了泡影。

1月16日早晨，我挑了一担行李到泥河镇，搭车去县里参加庐江县教育战线先进代表大会，同时也开始了我回家探亲的旅程。因带了较多的花生、黄豆等油料作物，所以在车站受到检查，班车也没等到。一直到下午1点多钟我才搭上一辆装货的卡车到了县里。县先代会在县工农兵剧场开幕，开了三天，表彰了一批教育战线先进个人，我也受了嘉奖。会上还首次开展了对教育战线右倾翻案风的批判。会议一结束，我就踏上了回沪的旅程。

1976年2月，庐江盛传地震消息。大队也专门召开了生产队干部和教师会议，传达本地区要发生强烈地震的消息和预防地震的措施。学校搭了防震棚。我和其他

防震值班

老师轮流到校防震棚值班，每晚只睡几个小时。小范也到防震棚里睡觉了。庐江一带闹地震的事传了多次，几乎年年都传，大家都很担心，但终究没有发生地震。

3月的一天晚上，校长通知我去芦苇荡运回给学校烧锅的芦柴。沿瓦洋河去芦苇荡有4里多水路，天下着雨，漆黑的夜里，我一个人硬着头皮冒雨撑船向芦苇荡进发。我本不会撑船，东一篙西一篙，撑出了一身汗，船还是歪歪斜斜走不成直线。雨雾茫茫，我站在船头奋力挥篙，不仅没有惧怕，反而觉得快乐，越撑越有劲，也越撑越熟练了，到后来船基本上走成了直线。到了芦苇荡，我和守在那里的同事立即把1里路外的芦柴挑到岸边。脚下的路又湿又滑，再加上芦柴又被淋湿了，愈加沉重。我挑了三担就累得要命，汗水和雨水混在一起，从头上淌下，衣服全湿了。挑完了柴，我们又抱起芦柴摸黑装船，弄得满身泥浆。河边很滑，船又摇摇晃晃的，我一脚踩空，掉进了河里，幸好抓住了船上的芦柴，才爬上了船。雨鞋里也灌满了水。回程时，我又站在船头撑起满载芦柴的小船。这回小船听话了，走得又直又稳。雨下得更大了，夜空中隐约响起了春雷，不时划过一道闪电。湿透的衣服贴在身上很冷，但我心里充满了胜利的喜悦。这一晚我学会了撑船。

3月中旬，连续的雨变成了漫天大雪，纷纷扬扬，转眼就白了屋顶，白了田野。阳春三月竟然见到了皑皑的白雪，而且天气奇冷，真是一桩怪事。这雪号称"桃花雪"，农民不喜欢这雪，因它对农事不利，这一年的气候明显反常。

3月下旬，接大队通知，我参加了县知青"上山下乡"办公室召开的反击右倾翻案风座谈会，住在县招待所，开了三天会。各区的知青代表做批判发言，我作为泥河区的知青代表发了言。会后，我协助县知青办公室出了一期大批判专栏。驻县的上海慰问团还邀请我们参会的上海知青到宿舍欢聚，这让大家很兴奋。

没想到从县里回到学校才两天，我的教师生涯就结束了。

任支书

1975 年 5 月，临湖大队拆分为两个大队，以瓦洋河为界，河东设齐心大队，河西仍为临湖大队。原临湖大队的支部书记调走了，副书记到齐心大队任支书，临湖大队的支书空缺了。1976 年 3 月 31 日，公社党委副书记老叶找我谈话，让我担任临湖大队党支部书记。对这个突如其来的决定，我完全没有思想准备，以至于不知说什么好。我入党才一年，20 岁刚过，要在 1000 多人口的大队当一把手，管理生活、生产各项事务，怎么能担起这份重担？我坦率地向叶副书记表示，自己太年轻，能力不足，缺少经验，太嫩了，希望组织上能让自己锻炼一段时间再具体负责工作。叶副书记说："干就是学习,你并不嫩,不会就学嘛。只要上靠组织,下靠广大干群,再大的困难也能克服。再说,路线教育宣传队还在大队,他们也会协助你的。"这番话表明了组织上的信任和支持,我还能说什么呢?既然组织上已经决定了,作为一名党员,我只能表态服从组织安排,尽我所能去开展工作,努力完成任务。

事后我也很纳闷,公社是怎么看上我的?后来一想,明白了,当时的干部政策是实行"三合一",即一个领导班子中要各有三分之一的老干部、年轻干部和妇女干部。当时还有"小鸡带老鸡"一说,认为年轻干部思想进步,有干劲,老干部则相对保守,适合当配角。因此各级领导班子都突击提拔了一大批年轻干部。我大概适逢其时,加上下乡几年表现尚可,于是就从一名民办教师、新党员一下成为大队党支部书记。

4月2日,我到区里参加了大队书记以上干部的工作会议。在本公社大队以上干部小组会上,天井公社党委正式宣布了对我的任命:任临湖大队党支部书记兼革委会主任。

中共庐江县天井公社委员会文件

天政字（76）1 10 号

★

毛主席指示

政治路线确定之后，干部就是决定的因素。

关于张东明两同志职务任免的通知

中共炉湖支部委员会：

根据庐委（76）35号文件的通知，经庭委研究决定：

张东明同志任炉湖大队党支部书记、革委会主任；

蔡继立同志为炉湖大队党支部委员；

特此通知

中共天井公社委员会

一九七六年四月大日

作者的任职书

我当大队支书的时候，已经插队第四个年头了。小甘、小姜、小彭都走了，知青点上只剩下我和小范。小范此时正同生产队妇女队长桂香谈恋爱，打算在农村扎根了。我们知青屋成了大队部，我们在这里召开支委会，研究决定大队的各个事项。

大队支委共有五人：书记、副书记、民兵营长、妇女主任，还有大队会计。

大队副书记夏维柏40多岁，在副支书位置上干了好几年，原以为书记空缺，他顺理成章就能转正，没想到冒出我这么个后生。因此他颇有点抵触情绪，在家称病不出。

我一上任便去老夏家看望他，同他谈心，希望他能和我合作共事，帮助我当好大队这个家，老夏也很快转变了态度。农村人性格都比较爽直，你能敞开心扉同他交心，他也能真诚以待。他毫无保留地向我介绍了大队的情况，提出了很多工作建议，我们的合作还是顺畅的。

临湖大队有两大姓，占农户的绝大多数，一姓夏，一姓徐。支委中副书记、民兵营长、妇女主任都姓夏，会计姓徐，都是40岁朝上的中年人。我是个单纯的年轻

作者与大队支委合影

人，也没个架子，有事同大家商量，也尽量听取和采纳大家的意见，所以支委成员相处也比较融洽。

我从小接受革命理想教育，思想正统，对领袖的最高指示深信不疑。当时还在"文革"后期，我也看了流行的长篇小说，如《金光大道》《艳阳天》，一心想效仿小说中的人物，带领农民学大寨，战天斗地，建设新农村。我搞了个规划，计划将各村的土地重新整合，截弯取直，隔田成方，开挖引水渠，修建机耕路，以利以后机械化耕作，也借此改变农村面貌，但在实际工作中屡屡碰壁。

大队工作主要有以下几项：一是完成各项生产任务，二是征收公粮，三是抓计划生育。此外就是维护治安，处理各种民事纠纷。

公社是一级政府，设有社长、人大委员会主任，相当于现在的乡镇。大队则是公社的延伸机构，相当于现在的村。大队下属的生产队是最基层的组织，相当于现在的村民小组。一般由公社下达各项工作任务，大队负责贯彻落实，各生产队承担具体工作任务，就是所谓人民公社"三级所有，队为基础"。这是20世纪50年代实行人民公社化后，农村几十年的基本治理模式，一直到20世纪80年代改革开放后才取消。

当时全国都实行计划经济，农村政策很死，从选种、栽种到粮食收购，一切都由上面计划安排，农民完全没有自主权。而上面政策往往脱离实际，一刀切，与农民的实际利益发生冲突。

拿选种来说，上面强制推广优良品种，认为优良稻种产量高，可以多打粮食。这种优良稻种是矮秆稻，在肥沃的土地里耕种得当，确实可达到高产目的。但当时圩区土地肥料少，主要靠人畜粪肥，许多土地并不肥沃，种上这种稻后，产量不仅不增加，连稻草都很少。在圩区，稻草也是宝贵的生活资料，因此农民就偷偷地换种适于一般土壤的长秆稻。

大队为了执行公社布置的推广优良品种的任务，到育种育秧季节，就要到各生产队查看是否都选育了新稻种。当发现有的生产队育了老品种，就命令毁掉重育。有时发现秧田里长出了非优良品种的秧苗，甚至强令用牛踩秧田毁掉青苗。这种蛮横的做法引起农民很大的反感，但他们往往敢怒不敢言。

我刚当支书不久，正逢育秧时节，发现高墩生产队队长育种时坚持泡育老品种。在公社召开的会议上，我反映了这个情况。公社书记当场宣布撤销了高墩生产队队长的职务。晚上我主持召开高墩生产队社员会，宣布了公社党委的决定，却遭到了许多社员的反对，引起了激烈的争执，队长也不服气。社员会一直开到深夜11点。虽然经过说服，队长最后认了错，表示愿意检讨，但实际上也只是口服心不服。

　　农民天生就是种庄稼的，他们最懂得地应该怎么种，什么土地种什么品种最合适，但当时决策权不在他们手里，而是由并不真正懂行的上级领导决定怎么种，这又如何能激发农民的生产积极性！

　　5月早稻栽插，连着几天，临湖大队的栽插进度都在公社排位最后。我十分着急，连夜召开大队支委会，查找原因，分清责任。支委们都下到各生产队分头督促检查。我凌晨3点多钟就爬起来一个村一个村地去敲生产队长家的门，催他们出早工，抢进度。就这样，栽插进度还是落后于其他大队。

　　征收公粮是大队的一项重要工作。上交公粮对各生产队来说数额并不大，但因各村普遍收成低，农村粮食本来就不多，有时还要购返销粮，因此交纳公粮对生产队来说，也是一个不小的负担。每到秋收季节，催交公粮就是大队一个必须完成的任务。经多次催促，这个任务最后还能完成。虽有时要拖一点时间，但最终不会拖欠不交。除了交粮食，还有交油菜籽的任务。圩区主要种植双季稻，油菜种植面积不大，农民每户每年只能分到几斤菜籽油，交了油菜籽，分到的油就更少了，所以农民对此颇为抵触。为此，我们大队干部有时要直接到生产队去收取，偶尔也会碰壁而归。实在收不上来，也只能叹气作罢。

有一阵子县里推广建沼气池，要求每个生产队都要挖沼气池，说是能解决农村的燃料问题。所谓沼气池，就是在地上挖一大坑，坑底和四周用胶泥封严、夯实，使之不渗漏。再倒入人畜粪便，掺入杂草秸秆，坑上封口，经过数天，使坑内秽物充分发酵，产生沼气。然后用导管将沼气引入室内，即可用沼气煮饭、点灯。

圩内地势低洼，宅基地都是农民挑起来的土墩，面积有限，沼气池没地方挖，只好在圩堤上挖。结果，圩堤上东一个西一个挖了许多坑。由于资金、技术、物资等条件都不具备，挖的许多坑就废了。一下雨，坑里就灌满了水，给行人带来了许多不便，还危及圩堤的稳固。这是明显不顾实情劳民伤财的事，但上面一刀切，不干不行。为了完成上级下达的任务，生产队不得不挖这吃力不讨好的坑应付了事。我们知青小组也曾被作为使用沼气的试点，大家开始兴致很高，我和组长还专门去县知青办公室做汇报，请求给予资金支持。但县知青办表示无能为力，只能自力更生，此事最后还是不了了之。

最难的也是阻力最大的事是计划生育。20 世纪 70 年代，农村实行二胎政策，但多子多福、养儿防老的传统思想在农民中还普遍存在，再穷也要多生几个孩子。尤其是前两胎都是女儿的人家，总还想生一个儿子。每年区计划生育工作队下到各大队，对已生育两胎的育龄妇女实行绝育手术。听说工作队来了，各村的妇女们纷纷逃跑到外村或娘家，以躲避手术。大队干部要挨家上门做说服工作，苦口婆心地讲计划生育的道理。按当时政策规定，对超生人员一般采取撤职或罚款处理。

计划生育在很多年里，都是农村中最难做的一项工作。

民事调解也是大队的工作。当时的农村，民风比较淳朴，管制又严，很少有偷盗之事，治安状况普遍良好。但本大队最穷的中墩生产队发生了一件失窃案。生产队保管员报案称队里丢失现金 130 元。据他说，夏天的一个夜晚，他正在屋外纳凉，开着房门，看到有个黑影进了屋，之后就发现少了 130 元钱。他怀疑是隔壁邻居所为。但此事苦无旁证，只是失窃者一面之词。此事闹了好几年，两家人大吵大闹，势同水火。但终究因没有证据，无法定案。这亏空的钱就一直挂在队里的账上。其他村民也有意见，说队里的这钱是大伙的，也不能老挂账上让大伙承担啊。时任大队干部怕惹事，不愿得罪人，所以这个事拖了好几年，成了悬案，村民对此反应强烈。我上任后，听取了群众反映，决心解决此事。在一个夏夜，大队召开了中墩生产队全体社员会。屋里点了一盏明亮的油灯，我坐在中间，先听取当事人各自陈述，弄清了事实，然后我宣布：这事现在并无确凿证据可以证明是盗窃案，在搜集到证据之前，失款 130 元由保管员承担，于他本人当年工分中扣除，请队里执行，待以后

作者时任大队支书

有明确证据证明是他人所为时再补回。我说完即宣布散会，转身离去。众人都无话说。我走到屋外，忽有村民跑来说："保管员老婆跑圩里，要跳河寻死啦！"我早有心理准备，镇定地说："那随她去！"我知道那只是做个样子，当然不会死人。这个悬案就这样结了，也没人再来闹。因我是外来的知青，在当地没有复杂的人际关系，无须顾及他人情面，所以简单事就简单处理。当事人虽有不满，但对我这个外来的插队知青也无可奈何。

　　一天早晨，我还没睡醒，忽听有人敲门。开门一看，一个头发灰白的老婆婆跪在门外，见我开门，一把抱住我的腿，哭着说："书记行行好吧！"我吃了一惊，连忙拉她起来，问她："到底啥事啊？"从她断断续续的话中得知，她儿子上吊死了。我赶到她家里，人已经被放下来了，靠在门后墙上。我捏了一把死者胳膊，已僵硬了。我认识死者，20多岁的年轻人，当过兵，高高的个子，挺壮实。退伍回村后，因为家里穷，他几次想出去找活干，来找我开证明，说是出去要饭。当时政策规定农村人口不能随意流动，我当然没同意。没想到他在家同媳妇吵嘴，一气之下竟寻了短见。老母亲来求我，是想大队能给些丧葬费。大队最终给了她20元丧葬费。

大队干部基本不用干农活了，但事务不少，经常要忙到深夜才能歇息。大队干部每月有12元补贴，另外按整劳力标准在生产队记工分，到年底可参与分红。大队干部的费用来自各生产队分摊上交的大队提留款，提留款还用于大队各项开支，也包括聘用民办教师的费用。

那时干群关系还是不错的，从没听说有哪个干部贪污受贿，因为大家都穷。大家住的是草房，点的是油灯，每天吃"两稀一干"，有时还要"瓜菜代"（当时的口号，即以瓜菜代粮食）。一年有半年时间人们都打赤脚，干部也不例外。遇上婚丧之事，农民都会请大队干部到场。能请到干部，农民脸上有光。我不会喝酒，也不喜应酬，遇到请客一般都婉拒。村民们可能觉得我不近人情，但因是"上海佬"，他们也就不以为怪。

1976年7月7日，我到县里参加县四级干部会。当晚从广播里听到朱德委员长去世的消息，心情沉痛。这次会议，时任省委第一书记宋佩璋亲临会场讲话。会议提出要深入"批邓"，反击右倾翻案风，深入进行党的基本路线教育，抓革命，促生产，把庐江县早日建成高标准的大寨县。驻县的上海慰问团的同志还邀请我到他们的驻地谈话，给予我鼓励，并送了我一套书。

当年夏天，弟弟利用暑假从上海来探望我。他那时才16岁，一个人背着个大旅行袋走了三天，一路找人问路，天快黑了才找到我们知青点。吃过晚饭，我带他到屋后的水塘里洗澡。水不深，刚到脖子。塘底有厚厚的淤泥，脚踩在上面如踩在柔软的棉絮上。那晚月亮很大很亮，高挂在深蓝的天幕上。四周寂静无声，唯有唧唧虫声和偶尔几声蛙鸣。水有点凉。我听得见弟弟的牙齿在嘚嘚响，大概是因为水凉，或因为紧张吧。我想，这第一晚的经历对他来说一定是十分独特而难忘的，而对于我来说，这样的生活场景我早已习以为常了。

那时还在闹地震，晚上我们就睡在屋外空地上。我和弟弟睡一张床，床上搭起蚊帐。帐外蚊虫嗡嗡飞舞，胳膊只要碰到帐子，就会被蚊虫叮起一个个包来。但我对蚊虫叮咬也早不当回事，照样呼呼大睡。

弟弟在我这里待了一个月，我让他同村民一起参加了割稻劳动，跟我一样，天天腌萝卜就饭，体会了一把当知青的感觉。临走时，我让小范划船送他去缺口镇。

弟弟为作者画的像

缺口镇离丁拐生产队有十几里地，镇上有港口，可以坐船到合肥，再转车去上海。弟弟后来跟我说，小船划走时，看到我从河边转身离开，他快要哭了。

不久，公社给我大队一个招工名额。其时，本大队知青或当兵或招工，快走光了，知青点只剩下小范。大队研究决定将这次招工名额给小范。不料消息传出，小范未来的丈母娘竟大吵大闹，说小范这下远走高飞，女儿桂香要被抛弃了。为此大队重新做了研究，将原先招工去马鞍山工厂的名额改成去庐江县水运公司。小范就留在了庐江县，在县水运公司当了一名船工。小范后来当了船长，未改初衷，娶了桂香做老婆。

那时还在"文革"中，运动不断。整党整风时，大队干部动员村民帮助干部整风，写大字报贴在大队部里。其中有一张大字报，批评某大队干部身穿的确良衬衫，脚上穿凉鞋，手上戴手表，在田头晃悠，也不下地干活，是资产阶级作风。这说的就是我。我因为当教师时为掌握课堂时间，回上海时特地花80元买了一块宝石花牌手表，也算一笔巨资了。的确良是化纤布料，比较挺括，不打皱，容易洗，是当时时尚的衣料。这些在农民眼中就是奢侈品了。农民怕费鞋，又因干活需要，人们普遍打赤脚。以往，我一年中至少有半年以上打赤脚。当了干部后有时不下地，我便穿上了塑料凉鞋，就显得有点特殊了。农民看不惯也情有可原。

1976年8月，河北唐山发生大地震，据当时预测，安徽等省近期也将有强烈地震，庐江是重点区域。公社召开了紧急会议，传达上级精神，布置防震抗震任务。大队成立了防震抗震指挥所，我担任大队指挥长。各个生产队都搭盖了防震棚，干部们轮流值班。25日晚，突下大雨，我和大队值班的干部冒雨下队通知群众做好防震准备。半夜时分，突然西南方向响起了数阵炮声，接着夜空中升起了照明弹，隔河的圣岗公社张圩大队敲响了报震的铜锣。刹那间，我大队的群众都纷纷跑出房屋，结果却是虚惊一场。

9月9日，我正在开支委会，突然从收音机里听到毛泽东主席去世的消息，我感到十分震惊，难以置信。次日上午，我带大队社员去公社参加了追悼大会。9月16日，我作为知青代表到县城参加了吊唁活动。吊唁大厅设在庐江电影院。上午9点40分，全县工农兵各界代

表一千多人迈着沉重的脚步进入大厅吊唁，人们都流下了悲伤的泪。9 月 18 日，北京天安门广场举行了百万人追悼大会。下午 3 点，我们在公社五千多人的追悼会场收听了北京的实况广播。

10 月 18 日上午，我在泥河区礼堂听县委领导传达党中央华国锋主席"打招呼"的重要讲话。华主席传达了毛泽东主席生前的一系列指示，宣告党中央粉碎了王洪文、张春桥、江青、姚文元"四人帮"反党集团篡党夺权的阴谋。这真令人大吃一惊！在那闭目塞听的时代，谁能想象到会有这样惊心动魄的斗争？而这场斗争，决定了中国未来的命运。

10 月 25 日下午，我们从广播里收听到北京一百五十万群众在天安门广场举行庆祝游行，欢呼粉碎"四人帮"的伟大胜利。次日下午，公社也举行了隆重的庆祝大会，锣鼓声、鞭炮声、乐曲声、歌唱声，红旗、横幅、标语、彩旗，人们的口号声、掌声、笑声，汇成了沸腾的海洋，这真是一个伟大的欢乐的节日！从此时起，祸乱中国长达十年的"文化大革命"结束了。

12 月中下旬，我受派到县党校参加工农学习班，为期一个多月。学员都是本县的年轻干部，吃住都在党校。我们学习有关文件材料，揭批"四人帮"的罪行，听取县委书记孟富林做的关于第二次全国"农业学大寨"会议精神的报告，参加了庐江县隆重纪念周总理逝世一周年大会，还参加了庐江县农业学大寨会议，参观了一些先进单位，其中到县冶山苗圃的参观给我的印象较深。

冶山又叫冶父山，相传战国时欧冶子在此炼剑，据说这是我国最早的炼剑之所，故得此名。那天纷纷扬扬下起了雪，冶山山高林密，一排排高大的杉树从山脚直铺山顶。踏着白雪，沿着山间石路，我们快步登上了山顶。但见群山巍巍、林涛阵阵、翠竹青青、溪水潺潺。山顶一座古寺，白墙红瓦，古寺门前一个石凳，伴着一棵苍劲的古松。周围有一片银色的杉树在风中摇曳。极目远眺，群山绵延起伏，湖泊水平如镜，大地银装素裹，无限风光尽收眼底。冶山苗圃的人们经多年努力将一座荒山建设成了风景胜地，令人赞叹。如今，庐江冶父山已成了国家 AAAA 级风景区。

我们在党校欢度了 1977 年元旦。学员们举办迎新文

县委党校学习班合影

艺演出，我编写并演出了一段揭批"四人帮"罪行的快板书。在党校，我认识了一位姓蒋的上海女知青，她是本县城关大队的支书。

2月1日，学习班结束回到天井，县里就任命我为天井公社党委副书记。算起来，我当大队支书刚好十个月。

上公社

天井公社有个坐北朝南的院子。一条公路从院门前经过，这是上公社的必经之路。院子里建了几排平房，作为公社干部宿舍。最后一排平房有伙房兼食堂。我住在第一排一间平房里，隔壁是公社一把手张克庆书记一家。

天井公社党委班子成员有书记、副书记（一正两副）、组织宣传委员、武装部长、妇女主任、团委书记，大家相处很融洽，也很照顾我这个年轻的知青书记。

天井公社是地方一级政府，下辖好几个大队，有一万多人口，还设有中学、卫生院、广播站、粮站、排灌

作者在天井公社大院前

站等附属单位。

公社干部一般都是国家正式编制的公职人员。我是个例外，仍是农村户口，叫"以农代干"，每月工资30元，这在当时已是较高的收入了。因户口还在生产队，我的一半工资要交生产队，还是按一个整劳力记工分，同生产队员一样被分配农副产品，参与年终分红。

公社的职责主要是安排农业生产计划，布置并督促各大队完成生产任务，包括播种面积、粮食产量、上缴公粮等，还有就是抓计划生育，组织一些临时性的会战，如防汛抗旱、挖河筑路、兴修水利工程。公社武装部出面组织民兵训练，完成每年的征兵任务。公社当然还少不了完成上面部署的各项政治任务，如组织政治学习、开展各种政治运动、开展大批判等。我在农村所经历的运动就有基本路线教育、"评法批儒"、"批林批孔"、"批《水浒传》"、"批邓"、反击右倾翻案风等。"文革"中，各种政治运动层出不穷，人们已经快麻木了。尤其在农村，这些政治运动离人们日常生活很远，虽然大多走走过场，但仍要花大量时间进行部署，组织开展学习批判活动。

在批判会上发言的知青

这些事其实不少，因此公社党委经常要开会研究。白天大家忙于工作，开会常常利用晚上时间。晚饭后在会议室开会，一开两三个小时，我就颇感痛苦。因为年轻，不习惯熬夜。以前在村里干活，累了一整天，天一黑就要睡觉，倒床即入梦乡。现在开会到深夜，瞌睡虫就来了，在书记念报纸社论的单调的话语声中，眼皮越来越沉重，我不由自主地闭眼打起了瞌睡，但又时时被惊醒，提醒自己千万不能睡。后来会开多了，慢慢习惯了熬夜，我也就不瞌睡了。

我在公社分管多种经营工作。当时政策对农民有很多限制，粮食实行统购统销，限制农民搞副业，不准长途贩运，人员也不能流动。所谓多种经营，其实也没有多少事可做，无非是鼓励生产队多养些猪，因为猪多肥多，可以增加农家肥，也可多卖些肉猪给国家，增加收入。但猪饲料有限，因此又提倡在水塘养水葫芦（一种水生植物，可作猪饲料）。在多种经营方面，我实际上没花多少精力，也没有取得什么工作成效。

公社干部每人都要分管一个大队，负责督促落实公社布置的工作任务。我的主要工作还是分管临湖大队。

这是全公社农作物产量最低，其他各方面最落后的一个大队。我平时大部分时间都吃住在丁拐村房东家。隔壁即我们的知青小组住屋，此时已人去房空，我们的知青屋就成了大队部。

房东徐业选是个高中毕业的回乡青年，时任大队支委、民兵营长。接任的大队书记丁跃伯也是高中毕业生，都是年轻人，我们很谈得来。业选母亲是个慈祥的农村大娘，丈夫在县里当工人，按排行我们叫她四娘。她待我很好。我吃住在她家，伙食不错，经常吃到她给我做的挂面，里面卧两个鸡蛋，还有几块咸鸭肉。

农村政策依然如故。农作物种植面积、品种、产量，一切都按计划，由上面说了算，生产队、大队都没有自主权。上面定的计划指标都很高，层层下压，也不考虑基层实际情况。下面完成不了，只得敷衍了事，或瞒报虚报。其实社队干部都挺辛苦，也确实想干好工作，完成好各项任务，但政策如此，农民没有积极性，许多事就无法实现。如"农业学大寨"要求超出《全国农业发展纲要》的重要指标——粮食产量达到亩产 800 斤。这个指标说了很多年，产量就是达不到指标。建沼气池也

作者与房东一家

是如此。1977年3月，区里召开沼气工作会议，提出大办沼气的任务，要求当年百分之七十的农户办沼气。这是完全不现实的。由于上面计划摊派，硬压指标，下面无法硬扛，造成浮夸风盛行，数字造假层出不穷。听说县里开会听各区汇报，有的区因指标报得不高，未达到县委要求，遭县委书记严词训斥，区委书记竟当场晕倒。当时还流行这样的做法，完不成上级任务的一级领导班子成员，要全体集中到上一级去办学习班，集体反省。在这种高压下，怎能不浮夸！

临湖大队的班子实现了年轻化。大队书记、民兵营长、大队会计都是高中毕业的回乡青年，20多岁。他们有热情，有干劲，也很努力地辛勤工作，但因执行错误的农村政策，始终打不开工作局面，无法改变农村面貌，农民生活依然很穷困。有的生产队状况还是王二小过年——一年不如一年。在我插队的最后一年，丁拐生产队的工分值已由刚来时的每10分工6角钱，下降到只值3角多了，最差的中墩生产队只有1角几分，即一个壮劳力劳动一天，只能获得1角几分钱，这又如何养家糊口？当时还不准农民私人搞副业，限制农民自由出售农副产品，否则按投机倒把论处。瓦洋河边的农民在河里捞河沙也不行。我在大队时就没收过农民捞的河沙，扣过捞沙船。没有致富门路，又不能自由外出打工，农民只能在土地上苦熬日子。

我对此很苦恼，与其他大队干部有时私下讨论如何改变农村状况。大家小声说，只有把土地分给农民，才能彻底变样。这样的话只能私底下悄悄说，谁也不敢想真有实现的一天。

1977 年 2 月中旬，我回沪探亲，在上海看到"四人帮"倒台后处处呈现的新气象。电影院开始放映过去被禁的电影。书店里出了许多新书，包括许多过去的禁书，还有一些外国名著。多年的坚冰开始融化，长期禁锢的思想得以解放，过去许多的谜团和疑惑逐步得以澄清，也引起了我的一些思考。父亲对我扎根农村的行为产生怀疑，他希望我能够上大学，学点真正的知识和本领，成为又红又专的人才。我虽然当时未表赞同，但这对我还是有所触动。

1977 年 5 月 16 日下午我在公社，突接家中电报，惊悉外公去世，十分悲痛。我们兄弟姐妹四人从小都是外公、外婆抚养大的。忆起小时候我上幼儿园，每天都是外公接送。中午他总是拎着一个饭盒给我送饭，而我总是含着眼泪目送他的背景渐渐离去。他十分喜欢我们，对我们爱护备至。他小时候念过私塾，粗通文墨。在我插队期间，他给我写过好几封信。信都是用毛笔写的，嘱咐我爱惜身体，努力工作，舐犊之情溢于言表。外公享年80岁，我未能为其送终，深以为憾。

这年5月底，公社党委做了一个决定：对于本公社在单晚稻泡种中发现的大白稻等老品种，一律犁的犁，耙的耙，予以彻底消灭。此事遇到了群众的强烈抵制。我也认为这样不因地制宜，强求一律，将挫伤群众的劳动积极性。在党委会上，我提出了异议，却遭到了批评。个别同志甚至认为我有右倾情绪，我感到难以接受，但对党委决议还须执行。我到临湖大队召开了大队支委会和生产队长会，宣布了公社党委的决定。下午即对高墩和中墩两个生产队的老品种秧苗组织翻犁，当场遭到两队干群的极力反对，翻犁不得顺利进行。此事使我不得不产生深深的疑问：为什么党委的决议会遇到群众这么强烈的抵制？为什么我们要做的事总是得不到群众的理解和支持？我接触到的大部分大队基层干部都说，现在我们同群众之间好像隔了一堵墙、一道不可逾越的鸿沟！我为此感到十分苦恼和沮丧。

6月下旬，公社张书记参加县委常委扩大会议回来，传达了中央领导关于解决安徽省委领导问题的指示和省委12号文件。中央决定，万里任安徽省委第一书记、省革委会主任、省军区第一政委，省委原第一书记宋佩璋调离安徽，由军委另行分配工作。我觉得安徽有希望了。

1976年7月，长江汛情告急。根据中央水利部门指示，巢湖地区组织了各县民工上江堤防汛。我奉命带领本公社一百个年轻力壮的村民，组成民工连去防汛，我任连长。7月6日，公社拖拉机载着我和大队带队干部，整整颠簸了八个小时，行程二百八十里，来到江边，入驻无为县汤沟区汤沟镇边上的扁埂生产队。这里距大江仅三四里地。站在大堤上，远远望得见江中的火轮。大堤有十几米高，宽也有十几米，我们的任务是在堤上筑滚水坝，即在大堤上再垒1米高的土坝，以防江水漫堤。因天气炎热，住房紧张，晚上我们都在室外露宿。夜里我们在两棵树上拉根绳子，挂上蚊帐，地上铺张席子，席地而卧。吃饭是在农家搭伙。白天，长江大堤上红旗招展，人来人往。各县都派出民工开展劳动竞赛，要赶在汛前筑起滚水坝。我身先士卒，同民工们一起，每天天一亮就赶往大堤，从堤下的泥塘里将土挑到堤顶上。除了吃饭，人们从早到晚，在高高的大堤上下奔走数十趟，汗流不止。傍晚收工，我随着一群满身臭汗的小伙子，跳下江里洗澡。我仰躺在江面上，看一轮红日徐徐落入江水中，余晖洒满江面，金波荡漾，景色极美。满身疲乏消失了，心里舒畅极了。

江边有集市，我在集市上看到螃蟹、老鳖很便宜，买了一堆回来，交炊事员煮熟。这些都是我喜食之物。我和民工连指导员老甘书记弄一瓶酒，晚上搬一张桌子到屋外。月光之下，两人持螯饮酒，其乐何极。一堆螃蟹吃得我舌头都要破了。

由于干部带头苦干，又开展了劳动竞赛，原计划十天完成的任务，我们实际只用五天时间就全部完成了，在宽阔的长江大堤上筑起了一条长 267 米、顶宽 2 米、高 1.1 米的拦水坝，完成土方量 950 方。区里九个公社民工连评比，大家一致认为我公社民工连完成任务既快又好，被评为第一名。区里敲锣打鼓向我民工连颁发了奖匾。这次防汛工程，是我任公社干部后难得的一次痛快经历。

工程结束后，我把队伍交甘书记带回去，自己就坐船到江对面的芜湖，坐火车回上海探亲了。

当公社干部快两年了，我对农村现状感到忧心。工作没有起色，我感到无能为力，早先扎根农村改天换地的雄心壮志在一点一点消失。同来的知青们一个个都招工、当兵走了。小范已娶了村妇女队长桂香，还盖了两间草房，生了个儿子。

此时的我深感孤独，不知前途何在。当时的我虽刚20岁出头，但面目已如饱经风霜的中年人。有一次在公社，一位大娘问我年龄，我让她猜，她说30多了吧。我只能苦笑。

9月，父亲接连给我来了两封信，殷切希望我今年考大学。这其实也是我长久以来的心愿。我向区委递交了要求上大学读书的报告。区委宛副书记对我说："复习迎考可以，但要安心工作，一颗红心两种准备。"

10月上旬，我又一次来到县委党校，以公社宣传委员的身份参加县委举办的学习十一大文献的学习班，为期十天。这次学习使我更加认识了理论联系实际的重要性，也愈加感到在县、区、社的农村工作中，普遍存在着理论脱离实际、形而上学盛行的状况。

考大学

1977年10月21日早上，我从收音机里听到了今年大学招考的消息。知青们可以凭考试成绩上大学了，真是令人振奋的好消息啊！"文革"中，推荐工农兵上大学，只有极少的名额，而且大都要凭关系，知青们都不敢去想这样的好事。现在好了，人人都有机会上大学，这可是难得的好机会。

我插队已六个年头，正处于迷惘的时候，听到高考的消息，犹如黑夜中的一束光照亮了前程，我毫不犹豫立即报了名。公社张书记从区里开会回来告诉我，区委向书记也同意我报考大学。我明白这次高考有严格的文化考核，我的文化知识基础太差，手上工作多，离考试只有个把月了，时间太紧，估计很难考上。但既然有了目标，就一定要努力争取。

那段时间公社正在集中开展计划生育工作。我是计划生育工作领导组副组长。秋收后的清仓核产、生猪收购、支援杭埠河开河工程，都是我分内的工作。我只好白天忙工作，晚上熬夜复习功课。

高考是在 12 月 10 日。可是 5 日晚上，公社副书记老方告诉我一个意想不到的消息，县招生办公室已将我的报考大学登记表退回来了，理由是考大学必须具备高中学力（学习能力），而我仅是初中毕业。如初中毕业生报考大学，又必须有自学的作业作为学力证明，可我根本没有高中的自学作业。尽管公社党委曾写了一个证明，表格仍然被退回来了。我大失所望，也愤愤不平。"文革"期间上海停办了高中，好几届学生都是初中毕业即走上社会。现在高考给这些初中毕业的知青设置学力限制显然不公。我决定第二天去县里交涉，公社党委的同志都支持我。

第二天我到了县招生办，找到教育局何副局长。他曾到临湖大队搞支农宣传队，蹲点半年，同我很熟。何副局长本不知此事，知悉后表示将尽力帮我解决问题，要我回去等消息。我回公社后，张克庆书记又替我打电话询问县教育局一把手陈局长。陈局长告知了详细情况：因临近考试，考生准考证上的号码都已编排好了，离报名截止已经过去一个星期了，如再增加考生就须移动号码，那要增加不少麻烦。陈局长还是准备把我安排进去，可是上面来的监考老师不同意，认为这是走后门现象，拒绝了陈局长的建议。就这样，我的考试资格被取消了。1977年的第一次高考我就这样错过了。

虽然首次高考未能如愿给了我沉重打击，但我心中还是燃起了希望，也激起了努力学习的斗志。我立即开始第二年高考的复习准备。我们知青有一套知青自学丛书，是上海知青办发的，内容有政治、语文、数学、物理、化学。我认真攻读这套丛书，又从公社农中学生处借了几本中学历史、地理课本。我自知数理化基础太差，几乎是零基础，高考只能报文科，好歹还能识文读报，但文科也要考数学。我开始做数学题，在一本厚厚的笔记本上，我做了上千道题，从有理数加减直到函数方程

庐江县委大院

式。我想这就是我的学力证明。

我抓紧一切时间看书学习。在房东家昏暗的油灯下，在回上海探亲的列车车厢里，我都在孜孜不倦地捧书阅读。这大概是当年无数知青都经历过的吧。

1978年元旦那天，我是在朋友周筱明处过的，他已被招工到泥河区农具厂，友情使我忘却了身在异乡的寂寞。筱明还制作了一个精巧的台灯送给我，鼓励我复习迎考。朋友的鼓励更坚定了我的决心。

3月下旬，接通知再次到县党校参加干部读书班，为期一个月，主要学习马克思主义理论。与此同时，我坚持自学高中数学和外语，不断吸收新的知识，这使我感到兴奋和充实。一个月后，我坐车离开党校回公社，眺望窗外，春色扑面而来：青山如黛，碧水似镜，无数红花草紫色的小花开放在田野上，眼前不时闪过一片片黄色的油菜田，菜花已落，清新的空气中弥漫着浓郁的泡桐花香。我感到心情十分舒畅。

4月底，天井中学的徐国志老师约我同去泥河中学，听了一堂针对报考青年的语文辅导课。老师讲的语文知识听来十分亲切，勾起了我对学生时代的回忆。教室里男女青年济济一堂，足有七八十人，有当民办教师的，有当农民的，有做工的，也有当干部的。大家凝神静气地听讲，认真做笔记。天气炎热，座位又不够，人们三个四个地挤在一条凳子上，肩挨着肩，汗水不断地从脸上滚落下来，也很少去擦。这种求学的情景在以前是难以想象的。

5月9日，突接电报，外婆病危，催我速回。11日早上5点我下了火车，直奔外婆家。见了面，她已说不出话来了。我扑到床边呼唤着。她似有所闻，睁开无神的眼睛，茫然地注视着我，用了很大的力气"嗯"了一声，便再无声了。一个半小时后，她停止了呼吸，溘然长辞。我深爱我的外婆，她对我的影响太深了。我很少哭泣，但在她床前我放声痛哭，任眼泪尽情流淌。

我的外婆生于1906年，生长在一个贫农家庭，从小贫困和艰难便伴随着她。她种田、做工、帮佣，吃尽了苦。她性格坚韧又非常善良，乐于助人。她生了好几个孩子，但只活下来一个儿子、一个女儿。她含辛茹苦地生活，把希望寄托在子女身上。新中国成立后，外婆才过上了舒心的日子。我的母亲参加了工作，入了党，当了工厂的基层干部。1956年我舅舅高中毕业，体检状况极好。她响应政府号召，毅然将唯一的儿子送去解放军空军当了飞行员。新旧社会的遭遇，使她对共产党怀有真挚的感情。她常说，今天的日子真是同过去不能比啊！为了使女儿女婿安心工作，她长年住在我家，操持繁重的家务，抚养我们姐弟四人。后来又带大了舅舅的两个孩子。她对我们真是倾尽了心血。我有次发高烧，牙关紧咬，她怕我咬坏牙齿，把手指塞进我的嘴里，以致她的右手拇指永远留下了紫色的伤疤。就在两个多月前我回沪探亲，她已是73岁古稀老人，且病魔缠身，仍从病床上爬起来，煮饭烧菜，洗衣拖地，拾掇家务。我返皖的那天早上，天还没亮，她便起床，亲手为我煮了早饭，烧了菜，看着我吃完，又往我挎包里塞满了她亲手煮的茶叶蛋和苹果。我站在她的遗体前，为她画了最后一次像。虽然被疾病折磨得皮包骨，她的面容仍是那么安详、那么慈善，她仿佛睡着了。5月14日下午3点半，我在西宝兴路殡仪馆参加了外婆的追悼会。老人家的形象深深地刻在我的脑海里，永远也不会忘记。

5月24日回到公社，我照常工作，参加公社党委会议，到大队蹲点检查。只是到了高考前一个月，我向区委请了一个月的假。公社党委成员也很理解并支持我参加高考。我待在公社宿舍，全力以赴复习冲刺高考。除了一日三餐，我几乎足不出户。晚上为避蚊子，我就躲在蚊帐中看书，趴在床上做作业，每晚都到 12 点以后才睡，幸好公社宿舍有电灯。一个月后，当我走出屋子，走进考场时，头发、胡子都老长了，真是人瘦毛长啊。

填写考生登记表时，这次学乖了，我在学历一栏填写了"高中学力"，而没有像上次那样如实填写初中毕业，果然顺利拿到了准考证。后来才了解到，1977 年恢复高考，中央政策是很宽松的，但各地理解和执行多有不同。所谓"高中学力需要证明"一说，应是庐江县的土政策。

1978 年夏天，距恢复高考首届招考仅过半年，第二届高考又开始了。我报了文科，考五门课，分别是政治、语文、数学、历史、地理，同时加试一门英语。英语只算参考分，不计入总分。我自认为政治、语文有些把握，因平时读书看报，了解时事政治，不需要怎么复习。薄弱的是数学，因此我重点复习，做了许多数学题。历史

准 考 证

号码　014608

姓名　张东明

性别　男　年龄 22

报考科类
文科

安徽省高等学校招生委员会

巢湖地（市）考区　1978.6

准考证

与地理是借了农中学生的课本，临时抱佛脚看了一遍。我当时的记忆力惊人，书中内容几乎过目不忘，犹如久旱的土地忽逢春雨，滴滴入心田。我把课本中的中国地图和世界地图各画了一遍，标注了主要的山脉河流，铭记于心。

考场设在泥河镇上的学校里。我的朋友筱明在泥河区农具厂有间宿舍，高考三天，我就住在他宿舍里。

7月20日，高考第一天考政治。拿到考卷，我颇有自信，洋洋洒洒地落笔，不料一下笔，试卷就被戳了个洞。原来考试的课桌是用条木搭起来的，上面的木纹也未刨平，坑坑洼洼的，笔在纸上稍一用力便把纸戳破了。我只好小心翼翼地轻轻落笔。

第二场考试前，筱明给我准备了一块一尺见方的玻璃板，用来垫在桌上。之后两天，在别人异样的眼光中，我腋下夹着玻璃板自信地走进考场。考试还算顺利，所有题目都做完了。历史卷中有道题是要求标明陈胜、吴广起义行军路线，有几条路线可选择。这是我没有复习过的内容，心中无数，只好随手画了一条路线，没想到居然画对了。地理卷要求标注中国与世界的一些主要山

泥河农具厂

脉河流，幸亏我画过地图，记忆犹新，都标对了。唯有数学，复习用功最多，但仍觉棘手，因过去基础太差。有道题是求立方的应用题，我错看成求平方，这是一道大题，失分不少，数学成绩因此也最不理想。

第三天最后一场考英语。我在上中学时曾学过英语，但当时学的只是"Long live Chairman Mao（毛主席万岁），a long long life to Chairman Mao（毛主席万万岁）"之类的口号。我连 26 个字母也认不全。"文革"结束后，广播里又播出了英语学习节目，我在收音机里听过几次，但也仅会几个英语单词。拿到试卷我一片茫然，所有题目都不会，唯有一道 30 分的选择题，有 ABC 几个选项，每题 1 分。我在每题下随手打钩，结果得了 9分。幸亏英语成绩不计入总分。

考完最后一场，我已精疲力竭，走出考场，人一下放松下来，紧绷了一个月的神经突然松弛了，人也觉得虚脱了。我摇摇晃晃地走到筱明家，躺倒在床上，浑身无力，很快就昏睡过去，发起了高烧。我躺了整整一天。筱明做饭做菜服侍我，买来西瓜给我降温。第二天烧退了，我告别筱明，回到了公社。

我计算考试成绩，平均每门课 70 来分，总分 350 分左右。我觉得这个成绩不理想，估计考不上大学，心里很失落，但还是抱着一丝希望。

高考后，我立即投入紧张的工作中。"双抢"结束后是征收公粮、晚秋管理、清仓核产、抗旱救灾。这段时间，安徽适逢罕见的大旱，从春旱到伏旱又到秋旱。立秋过后一个多月，滴雨未下，塘沟干涸了，小河也枯竭了，庄稼地里晒裂的缝，连脚都塞得进去。水稻枯焦了，不少地方连人畜用水都出现了困难。但人们没有放弃，用一切办法打井抗旱，同天灾抗争，力争减少农业损失。我在紧张的工作之余，仍坚持读书自学，同时焦急地等待高考成绩。

8 月 22 日夜里 10 点过后，我已躺在床上，公社副书记老方打电话来，告诉我一个喜讯——我已被高考初选上了！第二天傍晚，公社中学蒋校长从区里参加高考初选人员政审会议回来，告诉我，这次高考，本公社有四个人初选上了，我在其中。同事们纷纷向我表示祝贺，我心里有千言万语想说，但一时又说不出，我从心底里感激党中央做出的恢复高考制度的决定，给了我们年轻人上大学的机会。

8月30日，我获悉了自己的高考成绩：总分354.05分，其中政治78.5分，语文76分，历史81分，地理69.75分，数学48.8分，另外英语9分。除开英语不算，我对数学不及格还有点耿耿于怀，因为看错了一道大题，否则能及格。后来听说，当年考生数学分数普遍很低，不少人交了白卷，40多分已是高分了。我觉得这个总分进入普通高校还是有把握的。当年安徽省文科的最低录取分数线只有300分。

当天还接到弟弟来信，他在上海与我同时参加高考，取得优异成绩，总分427分。我真为他高兴。

9月17日是中秋节，清早，我应约赶到丁拐生产队我的老房东家去吃糯米饼。中午，我请了大队、生产队的干部在一起吃团圆饭。十来个人喝了三斤酒。我感到如同家人团聚一般快乐。晚上，我在公社与同事们一起喝茶赏月，畅谈着现在与未来。又圆又大的月亮将皎洁的光辉洒向大地，使人心旷神怡。

9月27日，应筱明邀请，我与公社中学的徐国志老师同赴泥河镇。筱明特地为即将上大学的我和上技校的徐老师饯行。筱明是我下乡后交的一个最好的朋友，他在思想上和生活上都给了我很大的帮助。他思想较为成熟，政治上有自己的独立见解，往往给我以启示。他为人开朗，待人真诚，对待朋友更是直言不讳，竭诚尽心。我一下乡就结识了他，那时他已下乡三年了。我曾和他睡在同一间屋，听他讲下乡的经历和体会，畅谈理想和前途。后来我们又同在临湖小学任民办教师。作为同事，他在业务上比我强，给我许多指导。他后来又由小学升到中学任教。在下乡第八年时，他被招工到泥河区农具厂当工人。那时我已在大队当了支书。我俩虽然分开了，但友情随时间推移愈加深厚。我每次到区里，到街上办事，总要到他的厂里去，在他那里吃饭、歇宿，而他总是尽量照顾我。有一年春节，我打算回沪，他特地从泥河连夜赶到公社接我。当时我正在参加公社党委会，他一直等我到深夜。第二天一早，他亲自挑担送我上了汽车。为了让我更好地复习迎考，他精心制作了一盏台灯，灯座上精巧的贝壳装饰是他到重庆出差时买来的。这盏灯照耀着我攻克了多少难题，给我的心里增加了光和热。高考三天，我住在他那里，就像在自己家里一样，

作者与其朋友筱明

为我提供了各种便利。筱明真挚的友情使人永难忘怀。

9月30日上午10点左右，我正在为录取通知书久久不来而焦虑时，接到徐国志老师询问情况的电话，还没说上两句，就听到从电话总机室里传来兴奋的声音："张书记，你的通知来了，快到后面来！"我赶紧与徐老师打个招呼，搁下听筒，跑到公社大院后面的总机室。广播员小徐站在门口喊："快来，你的通知刘师傅给送来了！"我边走边问："可是真的？"走进总机室，果然正坐着的区邮电局老刘笑嘻嘻地把一个印着安徽大学落款的大信封递给我，我的心怦怦地跳起来。信封上明明白白地写着"张东明同志收"，我终于等到了这盼望已久的喜讯！我用颤抖的手撕开了信封，抽出一沓纸，首先落入眼帘的是大红的"安徽大学学生入学通知书"几个字，下面写着"张东明：经安徽省高等学校招生委员会批准你入安徽大学中文系学习，请接此通知书于十月七日至九日到校报到"，下方盖着红通通的安徽大学革命委员会的公章。另几张纸是新生入学须知、安徽大学学生申请人民助学金的登记表和调查表，以及安徽大学共青团委员会和安徽大学学生会发的一封祝贺信。读着一行行炙热的文字，我真切地感到幸福。

我填报的高考志愿，在重点院校栏填的是华东师范大学，那是上海的名校，普通院校填的第一志愿是安徽大学，其次是安徽师范大学，专业都是汉语言文学。我如在上海参加高考，以我的高考成绩可以如愿进华东师范大学。但在安徽，华东师范大学在安徽的招生名额只有两名，因此肯定轮不到我。安徽大学是安徽省首屈一指的综合性大学，能上安徽大学，我已喜出望外，何况是第一志愿录取。

据说1978年参加高考的年轻人多达610万，录取了40万人。考试难度虽不高，但录取比例很低，不到7%。那是一个文化荒漠的年代。"文革"十年，知识分子被打成"臭老九"，年轻人无书可读，无学可上，"读书无用论"盛行，交白卷可当"英雄"。当噩梦结束，恢复高考的春雷乍响，多少年轻人又捧起了书本，但临阵磨枪，毕竟晚了。我想，我仅凭读了小学三年级，插队务农多年后如愿考上大学，并非偶然。一是受家庭影响，我从小喜欢看书，养成了读书看报的习惯。虽然当年没多少书可看，但只要能找到的读物我都不放过，一套知青自学丛书就翻了好几遍。二是插队六年，我天天记日记。今天翻看，这些日记里充满了大话、套话和空话，未免可笑，但毕竟天天写，也锻炼了写作能力。三是我当了两年民办教师，虽然教的是小学生，但开卷有益，教学相长，对提高文化知识水平还是有帮助的。

接到录取通知书的第二天，我回丁拐生产队去向乡亲们告别，收拾行李。我疾步走在大圩埂上，心情无比畅快，脚步轻快得像要飞起来，身边的河水都似在吟唱。

大队干部和乡亲们听说了喜讯都来向我祝贺。我把被子、毯子，还有队里分我的粮草都留给了房东大娘，只提着父亲给我的那个破旧的帆布手提箱，告别了村庄。

小黑跟着我穿过村子，走上了大圩埂，我一再叫它回去，它才依依不舍地停下，它大概知道我不再回来了。我走了很远，回头望去，它还在圩埂上坐着，远远地望着我。

10月1日，国庆之夜，公社的同事们为我举行了欢送宴会。

10月2日清晨6点，我坐上公社的拖拉机，告别生活了六年的天井公社。我的房东徐业选也随车送行。上

黄泥河

午 9 点多到达庐江县城，我立即到县委组织部转党组织关系。组织部接待我的同志很纳闷，说："你考大学我们怎么不知道？你等一下，能否转组织关系要请示领导！"他请示后很快为我办理了手续。接着，我又赶到回乡知青宛连生的家里，他也是我的一位乡村朋友。小宛正在家等我。前几天我为了大学报到赶拍标准照，约好由他帮我到县照相馆取照片，但据说要到下午 3 点才能取出，可我已买好中午的车票。于是我和小宛立即到庐江照相馆。他与照相馆里的人熟，找到里面的洗印室，嘿，我的照片还在药水中泡着呢。我们立即捞起烘干，只花了十几分钟就取出了照片。

中午 11 点，我坐上了开往合肥的汽车，告别了庐江县城和送行的朋友们。

我的插队生涯结束了。

附录

　　1980 年国庆节，我利用节日假期，重返曾经生活六年的庐江县天井公社。我在这几天的日记中，记载了此行的过程和感受。这是我插队生涯的余绪，也反映了彼时乡村的变化。故附录于此。

　　10 月 1 日　　晴

　　乡村静谧的夜，窗外响着蟋蟀曜曜的低吟，远处隐隐传来国庆之夜放映电影的音乐声。公社大院的人都看电影去了。坐在熟悉的房间里，伴着窗下的灯，我深深沉浸到亲切的回忆中去了。

两年前的今天，我在这公社大院里度过了插队生活的最后一晚。那一晚，大院里的人们为我举行了热闹的欢送宴会，那情景至今历历在目。第二天，我就告别生活了六年的公社进了大学。今天晚上，那些可亲的人又在这同一个地方与我欢聚，举杯畅怀。触景生情，这怎不使人浮想联翩，心潮起伏！

　　昨天清晨从合肥动身，利用国庆假期这几天回庐江一游，既想看望曾经共同生活过的朋友和同志，又打算了解一下两年来乡村的变化，开开眼界。从合肥至庐江，又经泥河到天井，两天来目光所及、脚步所履，无不勾起我亲切的回想，引出无尽的思绪。

　　两天的旅程可说是顺心遂意极了。昨天上午车到庐江县城，一下车便买了下午去泥河的车票，恰遇在区里当司务长的天井人小刘，于是结伴去庐江船厂。没想到一进厂门便遇见了两年多未见面的小范。他比过去更壮实，脸可是晒得比过去黑多了。那是水上生活留下的痕迹。初见面的人根本认不出他是个上海人。四年的插队岁月、四年的船工生活过去了，他的性格依然如故。我与他的老婆、3岁的大胖儿子也见了面。在徐业选极狭小的半间屋里，我又出乎意料地见到了业选的母亲四娘——我的老房东。老人家那么善良，爽朗又好客，待我非常热情，看样子真想认我做干儿子呢。业选新婚的妻子春香已怀孕几个月了，挺挺的肚子预示着小家庭不久就要增加一位小成员了。这一家人和小范死活要留我在县城住上一晚，但我决心已定，到底没改变主意，吃过中饭我就与小刘一道乘车去泥河了。

熟悉的车子、熟悉的道路，一路扑入眼帘的尽是熟悉的景物。起伏绵延的黄土丘陵上长满了碧绿的小杉树。记得下乡的第二年，我被区里抽调去参加知青工作检查，同区知青办的下放干部老刘和上海知青小黄跨过了多少座这样的小土冈，穿行在 1 米多高的杉树丛中，从一个知青点到另一个知青点。车窗外闪过几座粮食库房，那不是胜利粮站吗？小黄、小翟曾经坐在粮站前面的杉树下等候我和老刘。小黄是个多好的姑娘，没想到几年后她竟遭遇了不幸，真是令人痛惜。汽车从一座绿树环绕的农舍前驶过，那是老刘的家。这个老刘，总叫我忘不了。他有着一双炯炯有神的眼睛和一张坚毅的面庞。记得在知青工作检查过程中，他在昏暗的油灯下，向我讲

下放干部老刘家

述他在省公安厅工作时办理的案件。那些惊险紧张的故事深深打动了我。直到灯油耗尽，他还在不倦地谈着讲着，用人生的经验充实着我幼稚的头脑。如今，他那小小的农舍早已换了主人吧。我不会忘记在那农舍里，他及他的爱人，与我和小黄共进午餐的情形，不会忘记他那条懂事的小黑狗。我还为他的茅舍画过写生画呢。

车近泥河，车轮下扬起阵阵灰雾。哦，这条路，我曾同公社社员修过几次，这路面上的沙石，大概还有我挑来的一份吧！

熟悉的车站又出现在眼前，泥河到了。下车后，我随小刘进了区委会。区里的熟人不多了，老干部大多换了。但屋宇院落依然，只是大院中心新矗立起了一座小水塔。从与区里干部寒暄、闲聊的三言两语中，我知道了区委会的干部们正在为农村兴起的包产到户生产责任制的浪潮担忧。这正是我此行想弄明白的主要问题。交谈中，我觉得那些区干部对这件事似乎都是心中无数，有些茫茫然，或可以说是束手无策，语气中大多流露出反感、忧虑的情绪。这确实是一个重要的时刻，一个转折的关头！

步出区委会，踏上那走过无数次的泥河街道，面貌照旧的街，立即使我想起下乡第一天到泥河的情景。那时，我们这群从上海来的没见过世面的初中毕业生，一看到这陈旧简陋的房屋、坑坑洼洼的街面、歪歪斜斜的店铺，荒凉、落寞的感觉油然而生。那时的区委会设在一座破庙里，我们到庐江的第一顿饭就是在那里吃的。如今，虽然街上建起了不少房子，区委会也早就搬进了几排新瓦屋里，街心甚至还建起了一幢相当大的百货商店，然而重睹那狭窄的街道、坑洼的路面，我仍然有一种旧日的荒凉之感。八年了，这里的建筑有些许改观，但这里的人民生活又变了多少呢？

　　穿过狭窄、弯曲的街道，小刘陪我来到此行的第二个落脚点——泥河农具厂周筱明处。筱明，我亲密的朋友，如今已在农具厂里建起了一个温暖的小家庭。宝贝女儿玲玲已经十个月大了，胖嘟嘟的小脸蛋上嵌着一对黑葡萄般的大眼睛，冲着陌生人也会笑，可爱极了。筱明仍是老样子，对乡村的变化时或发表几句尖锐、精到的议论，但更多的是逗孩子玩，忙忙家务事，棱角几乎没有了。生活把这样一个有才华、有头脑的热血青年磨成这样，叫人可叹。看着他躺在床上逗孩子笑，自己也笑得那么坦然，似乎对生活已没有什么过多的要求，我心里真有些难受。第一个孩子才十个月，妻子小盛又怀孕了，领导多次做工作，希望她计划生育，待五年后再生育，小盛却执意不肯。做母亲的当然有自己的想法，但她向我唠唠叨叨的理由是那么可笑。

这个小家庭对我非常客气、热情，但我总觉得拘束，这与我想象中的情景不同，更与筱明结婚前那种无拘无束、无话不谈的时候不同。当我劝筱明利用空闲时间学点什么时，他的反应是无精打采的。"唉，结了婚我是更不行喽！"他感叹道。这句话包含着许多含义，我明白。

昨晚是国庆前夕，我就留在农具厂过夜了。晚饭后，筱明夫妇抱着孩子陪我在厂里看电视剧《乔厂长上任记》。这倒是一部不错的片子，演员表演相当深刻，当然首先是原著写得好。我觉得不足的是议论过多，说教味太浓。夜里与筱明同事的小孩睡一张床，我睡得还很熟。

第二天早饭后我上街去，正逢泥河镇赶集，摩肩接踊的人流简直与上海南京路无异了。卖各种农副产品、手工业品的小货摊充塞了狭窄的街道，吆喝买卖的、讨价还价的、争吵的、呼喝让道的以及牲畜的哞叫声连成一片。这种农村集市过去我是司空见惯的，但从没见过像今天这般热闹。我正在人群中穿行，"大学生哎"，一声呼喊从背后传来。回头一看，是我认识的供销社老张。他正在卖货，我就坐到小货摊边的凳子上，同他聊了一阵。据他说，农民现在搞包产到户责任制，给商业带来繁荣兴旺，生意好做多了，因为社会财富增加了。"包产到户嘛，有利有弊。"这是他的结论。

好不容易穿出赶集的人堆，我又到区委会找小刘。在过道上，我遇到了几位区社干部，我们的谈话总离不了包产到户这个目前农村最新也是最大的变化。看来他们都是摇头派："这样搞，还实现什么'四化'""坚持社会主义道路不成了一句空话吗""农业机械化就甭提了""干倒转去了""分开了要想再合起来就困难喽"等，是他们共同的心声。我不禁想，人民公社搞了三十多年，农民的处境难道还不够惨吗？这些你们难道不知道吗？这些念头有时就禁不住脱口而出，那些干部倒也无话可说。

中午又在筱明处吃了饭，我的朋友徐国志的父亲也特地找到农具厂，与我一道吃了饭。国志师范毕业后被分配到无为县教书，这次没回家。他父亲硬要送我几斤花生，我的拒绝根本无济于事。结果下午他还是跑到公社给了我两袋花生和一只腌鸭，真叫人没办法！午饭后，与筱明告别，与小玲玲告别，可爱的小玲玲居然也会向我摇手告别呢！筱明恋恋不舍地送我到街口，一再惋惜地说不能陪我下乡去，说我来的时间太短。可是又有什么办法呢？相会总有一别，谁让每个人生命的路途各不相同呢。唉，等着吧，还有相会的一天。

背着包，在蔚蓝的天空下，在温暖的阳光里，我兴致勃勃地踏上了去天井公社的黄土路。这是一条多么熟悉的路啊！我开会走过，赶集走过，买书走过，参加考试走过，回上海走过；我唱着欢快的歌走过，挑着沉重的担走过；我愉快地走过，忧虑地走过。两边青翠的杉树、泡桐树夹道成荫。广阔的田野里，摆动着黄的稻、青的苗，点缀着绿树环绕的村庄农舍。远方湛蓝的天幕下，绵延着淡紫色的起伏的群山。一幅舒展的秀丽的图画，多么熟悉，多么亲切！空气中也含着一股清香，那是稻谷的香，那是泥土的香。闻着它，我周身都洋溢起青春的活力。

路上遇到两个农民：一个是我下放的生产队的；另一个不认识，与他交谈得知是甲板公社一个生产队的会计。一路同行，我们一路谈对包产到户的看法。我有意问他们，两人的看法显然对立。一个认为分田好，产量高。生产队会计却反对分田单干，认为分田矛盾多，搞不好产量未必比生产队时多。这位会计今年30岁，正好是长在新中国成立后，对党的感情倒是蛮深的。

远远望见天井公社的房屋。近了，嗬，新砌了一道石头围墙，中间装了一扇铁栅栏门，其余似乎还是老样子。前面的粮站倒又建了一幢石墙瓦顶的大仓房。公社卫生院也另外盖了新房，搬出公社大院另立门户了。公社、粮站、卫生院，三栋建筑呈鼎立之势坐落在绿色的田野里。这是我曾朝夕与共的地方，今天我又走近它了，心里免不了一阵激动。

一跨进公社大门，一群公社干部、职工便围拢来。我没想到一下子会遇到这么多熟悉的同志，真是喜出望外。大家都热情地招呼"张书记""张书记"。满耳这样的呼声，叫我应接不暇。其实听到这样的称呼，我真觉得惭愧不安，我是个什么样的书记哟！寒暄过后，大家坐下来询问分别后的情况，我当然也很想了解公社这两年的情况。一交谈，我便觉得这两年公社的变化确实巨大，尤其是今年以来实行的分田到户、责任到人，使整个公社的体制受到极大的影响。谈话涉及此，公社的书记、委员、办事员们便都显得忧心忡忡，有的甚至牢骚不少。我稍后到公社大院里的各个房间去望了望，在个别交谈中，只有极少数的干部认识到目前的政策符合农民的利益，农村应该有个变化，当然这个变化应该统一领导，并制订出科学的切实可行的计划。这些谈话确实使我有收获。我深深感到，农村这个我生活过六年的地方，正在经历一场巨大而深刻、新中国成立以来少有的变化。它是不是历史性的，它的意义究竟有多大，它到底是否符合历史的发展规律，我还没有足够的材料给予证明。我还要下去看看、听听、想想。

10 月 3 日　　多云

在马达的轰鸣声中，我平静地坐在到庐江去的小客轮上，四周是从泥河、天井上船的旅客，有农民、学生、干部。他们说着笑着，抽着烟。两年前，我离开了公社上大学。两年后，我又一次告别公社，这是不是最后一次呢？

天空布满了棉絮般的云，太阳时而从云隙中露出脸来，向碧绿的河面洒下跳动的闪烁的光点。圩埂、茅舍、树丛一一从船边滑过。又看到黄陂湖的芦苇荡了，茂密的芦苇上一簇簇爬满了乃麻藤———一种蔓生植物，俯身在水面上，连成一片绿色，向远方伸去。仲秋的凉风从船舱的小窗里吹进来，拂着我热烘烘的脸。思绪又从脑海里泛起。

昨天早饭后从天井公社出发，我独自沿着走过无数次的路去临湖大队。一走上瓦洋河边的大圩埂，遇到的尽是惊喜的笑脸和热情的问候。故人故地，使我恍如一直就生活在这里，从未离开过一样。在原大队支委蔡继力家里，遇到几位生产队长。大队丁跃中书记陪着我到我曾经教过书的临湖小学，在那里我们遇到徐其兆老师。我曾在其兆老师的小瓦房里住过年把时间，他的妻子王冬香给予了我不少照顾。中午就在跃中家吃了饭，他兄

巢湖帆影

弟三个和丁大伯陪我喝酒。跃中的弟弟丁跃伯也是我的乡村朋友，我们曾经在一起密切合作搞大队工作，我还是他的入党介绍人呢。这家伙现在大队小学当民办教师，不久就要结婚了。他现在锐气显然减了不少，学习的劲头也不大。我为他买了书，给了他一些鼓励。我的乡村朋友都有些文化知识，但在目前的"竞争"中似乎都落伍了，再也鼓不起劲头了，这是一件令人遗憾的事。

午饭前，跃中与我谈了不少大队目前的状况和工作中的困难。我原以为包产到户了，大队干部的工作再也不像过去那样费力了，现在看来远不是那么回事。临湖，我长期生活、工作过的大队，我离开时有 10 个生产队，后来变成 26 个，现在除了少数几个队以外，都包产到户了。其实并不是包产到户，而是分田到户，分田单干！农具、耕牛、机械、粮食乃至土地全部按人口分光了。生产队名存实亡，生产队长、会计也是徒有虚名。目前大队能够召集来开个会的生产队长只有五六个（尚未分的队），其余生产队长都自动撤销了。分队浪潮兴起的时间不长，就在这个把月时间里。但其声势异乎寻常地大，完全不用大队干部号召，不用人指点，人们闻风而动，其影响之大、行动之迅速，实属罕见。我在农村工作的时候，从没见过有一项工作像分田到户这么快速、这么容易。一些暂时未分的队也只是时间问题。随着这股浪潮，没有一个队能扛住不分的。难怪从"土改"时就当干部的甘圣和老头要称这次分田为"第二次土改"了。其实依我看，这次分田比"土改"来得容易得多，而且意义大不相同。过去"土改"是共产党号召，各级党组织领导，做了大量发动、组织工作，而这次完全是群众自发的，各级领导根本不用领导，也领导不了。相反，从生产队干部到大队、公社、区干部，直到县里的干部，大多反对，甚至压制。我此行接触到的农村基层干部中普遍弥漫着一种忧虑、茫然的情绪，他们感到手足无措，甚至灰心丧气。因为这次变化实在太大，两年前还根本不敢想象，过去连提一提都是严重的罪过，如今却已成了普遍的现实，而且与千万农民的利益密切相关。它对于新中国成立后三十年来一直推行的农村政策而言是一次大转变，对于集体化后二十多年来恪守传统农村政策的广大农村干部而言，无疑是一次严重冲击，从思想到工作，直至日常生活都是一次巨大冲击。传统的一套推行不开了，干部工作异常被动，由分田包干带来的民事纠纷大量增加，集体事业濒临崩溃，甚至连大队干部下达到各生产队的工分也难以兑现了。有的农民说："我日后遇到纠纷找你大队干部处理，就付你一天工资。不找你大队干部，你也不要向我来要工分。"有的说："我的孩子在学校上学，要多少学费我给多少，除此之外，你民办教师也不要再来向我讨工资了。"公社的放映员已在担心今后放映费收不起来了，公社电灌站的水费也难以收齐。整个公社的合作医疗都垮了，"赤脚医生"们开始私人行医。过去所谓的农村"新生事物"全部走了下坡路，真是怪哉！当初兴办这些"新生事物"时费了九牛二虎之力，现在一阵风刮过，便烟消云散，何等利落，何等快速！这简直叫人不敢相信。

分田到户的浪潮，在天井公社正值方兴未艾之际，其势不可阻挡，这当然与最近报上的报道和广播里的宣传分不开。农民现在对广播电台是少见的热心和敏感，对报上的有关新闻、广播中的有关内容是迅速传播，见诸行动。面对如此不可逆转的局势，农村干部也有认识到历史潮流不可阻挡的。跃中书记对我说："分田就分田呗，分两年看看，到底怎样。可是现在的这一阵乱不好解决，矛盾太多。上面还是要搞个统一的方案，好让我们照样干。现在真不知怎么办好。县里、省里也没个统一的规定，也没有明确的指示，农民只好五花八门，乱分一气，还不晓得以后怎么收场呢！"这些话反映了农村干部习惯了执行上级指示，不善于应对新事物的僵化心理，但也确实反映了当前在分田包干这件事上存在的一些混乱现象。包产到户，建立各种形式的农业生产责任制，是目前党中央调动农民积极性，提高农村生产水平的一项重大政策，如何执行，各地应该根据不同情况区别对待，各级党组织应该拿出切实可行的方法来引导农民圆满完成这一转变。撒手不管，放弃领导，对党组织来说是无能的表现，也势必会造成不应有的混乱，甚至留下后遗症。在天井公社的范围里，根据现有的生产水平和管理水平，该不该分田单干，或者哪些地方可分，哪些地方不该分，即使分，什么东西该分，什么东西不该分，如何分，一些矛盾如何解决，怎样避免后遗症，如五保户、困难户问题，婚进婚出的土地问题，贫富差别问题，等等，都应该有个打算，有个安排。可目前就我所了解的，天井公社几乎全部大队都对此放任不管，拿不出个办法，也不想拿出办法。这种情况不仅一个天井公社，在泥河区各公社大多如此，大概整个庐江县都差不多。这与我在公社听说的无为县的情况不同。当然，这阵混乱只是暂时的，要不了多久就会稳定下来，那时的情况会大大改观。然而这阵乱将大大降低当地党组织和领导干部的威信，对今后工作也会有影响。我这个预感或许不符合客观事实，靠不住，但这几天里，我确实也隐隐有了不安、忧虑的感觉，大概是受了传染吧。

当天下午，我过瓦洋河到齐心大队去了。我刚插队时，齐心与临湖是一个大队，只是隔了一条瓦洋河。现在的齐心大队甘圣和书记就是原来老临湖大队的支部副书记。老人家是个多年的农村基层干部，与我也颇有交情。1977 年头上，他还和我一起到上海，去我家做过客呢。那年我俩还一起带公社民工连去江堤防汛。到他家时，他正在一户社员家喝喜酒。他妻子是大队妇女主任，是个很爽朗、热情且泼辣的妇女。她叫孩子找回了老甘。我俩一见面，两双手就握在一起了。见到他我觉得很愉快。桌上摆上了刚炒的热气腾腾的花生，呷着香喷喷的热茶，我们谈开了。话题从他的家庭情况、他的大男孩二毛子的学习情况自然转到了生产队分田到户的事上。齐心大队在全公社是分得最早的一个大队，现在每个生产队都已分开了。对于这件事，他的看法倒是一分为二的。对于分田单干的弊病，他指出，不用几年，会有贫富分化的趋势，劳动力多的家庭或单身汉的家庭田不够种，孤儿寡母、缺劳力的家庭就会种荒了田。还有旱年的用水问题，耕牛、机械的使用、分配等矛盾需要解决。现在他家分了田，就忙不过来，连他这个满头白发的老人也要下田了。一家老的老，小的小，大儿子还要念书，他家打算农忙时雇人帮忙。至于分田的好处，他也看到了，必然会大大激发农民的积极性，提高生产水平。困难户毕竟是少数，有些矛盾还是可以逐步解决的。而提高生产水平恰恰是最主要的方面，而且这样一来，劳动力不再紧张，甚至有多余，这就可以从事其他工作，增加收入。

我和他谈得很投机，不知不觉一个多小时就过去了，我不得已起身告辞。甘书记的老伴杨主任一再留我吃饭，但我还是要走，惹得热心的杨主任不高兴了。老甘送我走上大圩埂，送了 1 里多路他才住了脚。临别时他邀我毕业后再来，我怎好拒绝这深厚的情意呢？只能答应了。

我独自一人走过齐心圩靠瓦洋河的整条大埂，然后走上了北大埂。就是这条埂，我们曾经计划了多少年，终于在去年修起来了。它横截瓦洋河通往芦苇荡的河口，连接起齐心圩和天井大圩。它像一条巨蟒，头尾分别搭上了齐心、天井两个圩区的北埂，粗大的身躯挡住了芦荡里混浊的黄水涌进瓦洋河，使洪水季节瓦洋河两岸薄弱的圩埂免受威胁。不久前，在罕见的大汛期中，这一道埂发挥了巨大的作用。望着这条埂，我的心情格外舒畅。几年前，公社、大队干部勘察大埂的地基，描绘大埂的蓝图时，我也曾出过力。在我的心中，早已有了这幅造福天井人民的大埂的蓝图，今天，当它突然出现在眼前时，我仍然感到一阵兴奋。

漫步在大埂上，我纵目远望。埂外，一片白水连着莽苍苍的芦苇丛，开阔深远，一直伸展开去，那远远的尽头是起伏的青山和缺口镇工厂的几根大烟囱。芦苇丛中有时还隐隐出现船桅和白帆。大埂内，田连阡陌，丛丛绿树遮掩着村庄和农舍；将熟的稻子一片青黄，轻轻地随风偃伏；弯弯曲曲的瓦洋河水白闪闪地发着光，时或有几只小船驶过。这一切构成一幅恬静、安宁、秀美而舒展的乡村田园图，好久没有领略它了，真叫人心旷神怡。

快走到大埂靠临湖小场的西头，我遇见了临湖小学原来的老校长徐达权。我当民办教师时就是在他的领导下，我和他相处得一直不错，自然要热情地招呼、寒暄一阵。走完了北大埂，就到了临湖大队办的小农场。那是我非常熟悉，也很喜爱的地方。因为当初兴埂围田时有我的汗水，创办农场时也有我的辛劳。场里现有的一台手扶拖拉机和一台插秧机，都还是当初县里的上海知青慰问团因为我支援给临湖大队的。我走在小场的埂上，迎面走来的几头水牛上坐着放牛的农家孩子。他们大概认得我，盯着我看，又嘻嘻笑起来。场里的黄豆已经收获了，空荡荡的田垄显得有些荒凉，只有一群大牯牛和几个孩子在田里。我忽然想起分田到户的事，唉，不知这个大队办的集体小农场还能否保得住。

在小场的南端碰到了小场场员，都是我的老熟人。他们惊喜地招呼我，邀我进那既是仓库又是卧室的草房里歇息。闲聊一阵之后，我又告别了好客的人们，离开了小场，朝丁拐生产队走去。

丁拐，我生活过六年的地方，是我走上社会后的人生第一个课堂，那里有着许多我亲切熟识的人。到那里时，天色将晚，村里的人都在田里或稻场上干活，庄上显得空荡荡的。我们的知青屋空无一人，门上挂着锁。门前我们当年栽下的泡桐树早已高过屋顶了。我在房东四娘家坐了一会儿，就到附近的社员家里走了走。我顺便又到夏维柏书记家和忠心队的夏则发老师家去拜访，可惜他们都出门去了。回到四娘家，顾不上慢慢叙谈，她就为我做好了晚饭。又是在这个家里，又是同样的主人，同样的挂面，碗里盛满了煎鸡蛋和腌鸭肉。多少回了，这样地坐着吃晚饭，可今天别有一番滋味。因为晚上要走七八里路回公社，我匆匆忙忙地吃完挂面，就告别了。四娘默默无语地为我舀水洗了脸，端着一碗饭，默默地送我出了门。走到屋檐下，她才说了句："往后再来啊。"她的声音有点变样，我回头一看，突然发现她的眼圈红了，我心头一热，连忙说："四娘，我以后一定会来的，下回来一定多住几天！"我不敢多看她，转

作者于知青屋前

过身就走了。我走过队里的老稻场，顺着圩田水渠边的机耕路朝前走去。已经很远了，我回过头去，看见远远的稻场边上，四娘还站在那里望着我，手里还端着饭碗。

红红的太阳衔住了西山尖，西面天上出现了一片绚丽的晚霞，紫色的远山和青色的田野如同刚洗过一般，显得分外洁净和清新。我在那广阔的天地间走着，走着。

天完全黑了，我才回到公社。在公社办公室里见到了张向阳会计，他是个十分诚恳的人，对工作非常认真负责，我与他聊了一会儿。坐在明亮的办公室里，喝着浓浓的茶，高声谈笑着，我好像又回到了两年前。公社干部有一些外出没回来。到晚上9点多钟，徐成宽主任回来了，他得知我明天要走，就招呼张会计几个人，连夜帮我把国志父亲送来的一袋花生剥出来，以便我路上好带，我一再劝阻他们都不听。这一件小小的事，深深体现出同志间的情谊，使我十分感动。

第二天清晨，我同公社同志们一一告别，又一次离开了天井。我不知道什么时候还会再来，但这块亲切的熟悉的土地，将永远留在我的心里，温暖着我的心。

10月4日　晴

3日上午9点30分船到庐江码头，小客轮载着我航行了两个小时。上岸后我即去船厂，又与业选、小范见了面。他们硬要留我一晚，未帮我买当天下午的车票。在船厂还见到了夏维柏、夏则发两人。夏维柏还是老样子，称我"老首长"，真可笑！

中午喝了点酒，稍事休息后，我和业选进城去了。我俩先到庐江中学找黄开言老师。黄老师曾参加教育部门支农宣传队，在临湖大队与我同吃同住半年，我们结下了很深的友谊。在他家门口遇见了他爱人方老师。可巧黄老师不在家，到合肥去了，我觉得一阵失望。方老师与我们也很熟，她请我们进屋喝茶，谈了一阵大学的情况，我们就告别了。这次走访未果是此次庐江行唯一不顺心的事。

我和业选又来到县建筑公司机修车间找宛连生。一进车间大门，见一个头套白色安全帽，戴墨镜，穿一套工作服的青年人，正在与一位姑娘谈话。他大概听到脚步声，一回头，嘿，正是小宛！这家伙现在在车间开翻

作者与公社干部合影

朋友小宛

斗车，弄得一身黑灰，浑身上下没个干净处，只有一排牙齿还露出点白色。他一见我们，就高兴地嚷起来，赶紧带我们上他的宿舍。很遗憾，他的房间同其他人的一样，脏兮兮的。小宛又去出了一趟车后很快请了假，与我们一道去了船厂。

我们从城里走过，一一经过电影院、照相馆、百货大楼，庐江城仍是老样子，唯一不同的是街上人多了些，做各种买卖的小货摊多了些，看上去显得热闹了些，不过似乎脏乱了一些。

在船厂吃过晚饭，已经晚上 8 点 30 分了。因小宛住宿的机修车间离车站近，我别了船厂里的朋友，随小宛去机修车间的宿舍。他大概喝了酒，头脑发热，这么晚了，还要叫我去看个熟人。我看他那副热乎劲，只得随他。我们到了县医院，去找小姚。他原与小宛一起下放在齐心大队，与我也是插队朋友，现在一个公社医院当医生，最近来县医院实习。在小姚寝室里谈了一会儿，小宛忽又想到一个人，一定要小姚去喊来见面。小宛告诉我是我认识的小苏，可我开始怎么也记不起小苏的形象。一会儿，小姚带了她来，我才想起了小苏是庐江矶矿一名职工的女儿，1976 年下放在齐心大队。当时我在公社工作，曾到她们小组去看望过，并在她们小组吃了顿饭。当我回忆起这些事时，小苏愉快地笑了。记得她当初是个很活泼也很能干的知青小组长，经常参加公社的文艺演出和批判宣传，今年初考到县医院当了护士。短短几年，她与我印象中的不同了，打扮得很漂亮，举止也老成多了。但愿这些往日的知青都能有幸福的未来。

晚上躺在小宛的床上，两人抵足而谈，谈生活、学习、恋爱，一直到深夜。

第二天天未亮我们就起床了。早上 6 点的班车，时间已经 5 点 30 分了。我们匆匆洗了脸，急急忙忙赶往车站。小宛为我买了油条当早点。直到车开走了，他还站在那里目送着我。

车沿着笔直的公路向合肥驶去。别了，我的朋友！

乡村朋友们